FOLKTALES TOLD IN
SPANISH AND ENGLISH BY

JOE HAYES

ILLUSTRATIONS BY ANTONIO CASTRO L.

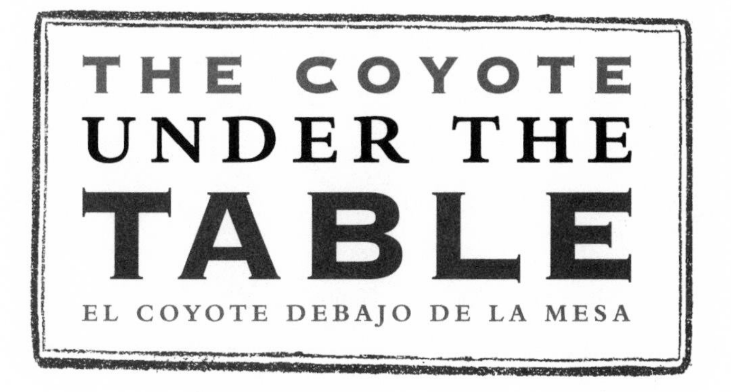

THE COYOTE UNDER THE TABLE

EL COYOTE DEBAJO DE LA MESA

FOLKTALES TOLD IN
SPANISH AND ENGLISH BY

JOE HAYES

ILLUSTRATIONS BY ANTONIO CASTRO L.

The Coyote Under the Table / El coyote debajo de la mesa
Folktales told in Spanish and English

Printed in the United States.

First Edition
10 9 8 7 6 5 4 3 2 1

Library of Congress Cataloging-in-Publication Data

Hayes, Joe.
The coyote under the table = El coyote debajo de la mesa : folktales told in Spanish and English / by Joe Hayes ; illustrations by Antonio Castro L. -- 1st ed.
v. cm.
Summary: A collection of ten classic tales from Northern New Mexico retold in Spanish and English.
Contents: If I were an eagle — What am I thinking — How to grow boiled beans — The coyote under the table — The golden slippers — Caught on a nail — The man who couldn't stop dancing — Gato pinto (The spotted cat) — The little snake — The magic ring.
ISBN 978-1-935955-06-1 (Paper)
ISBN 978-1-935955-21-4 (Hardback)

1. Tales—New Mexico. [1. Folklore—New Mexico. 2. Spanish language materials—Bilingual.] I. Castro López, Antonio, ill. II. Title. III. Title: Coyote debajo de la mesa.
PZ74.1.H32 2011
398.209789—dc23

2011011430

BOOK AND COVER DESIGN BY ANTONIO CASTRO H.

Contents

To all the parents and grandparents who carried these stories in their memories across oceans and continents and passed them along to new generations. And to the scholars who saved them from being forgotten in this modern age. And, finally, to all who breathe new life into old stories by sharing them.

If I Were an Eagle
Si yo fuera Águila

Here is a story about a poor orphan boy. He had no family at all—no father or mother, no sister or brother, not even any cousins who could help him in this world.

In order to survive, the boy began to work as a blacksmith's assistant. But the blacksmith worked him very hard and paid him very little. So one day when the blacksmith was away from the forge, the boy made himself a long knife out of steel. He sharpened the knife until it could cut through oaken wood as if it were butter, and then he set out into the world with the knife in his belt.

Aquí va el cuento de un muchacho huérfano. No tenía pariente alguno—ni padre ni madre, ni hermana, ni hermano, ni siquiera un primo que lo ayudara en este mundo.

Para sobrevivir, el muchacho entró a trabajar como ayudante de un herrero. Pero el herrero lo hacía trabajar mucho y le pagaba muy poco. Así que un día, cuando el herrero estaba fuera del taller, el muchacho hizo un cuchillo grande de acero. Lo afiló tanto que partía madera de roble como si fuera mantequilla, y luego el muchacho salió a trotar por el mundo con el cuchillo en el cinturón.

The boy hadn't traveled far when he heard voices arguing up ahead of him. He rounded a bend in the road to see a lion, an eagle and a tiny ant shouting at the top of their voices and making angry gestures at one another. Near them lay a dead deer.

"*Animalitos,*" the boy called out, "what can be making you so angry?"

"This deer belongs to me," the eagle cried. "I spotted it from high in the air and began to chase it."

The lion interrupted him. "But you were able to do nothing to it. I ran it down and caught it. The deer is mine."

The ant chirped, "It's mine! It's mine! See. It's lying on top of my house. It's mine!"

The boy drew his sharp knife. "I can settle this argument," he told the animals.

First, the boy cut the soft flesh away from the deer's bones. He gave it to the eagle. "You have no teeth," he said to the eagle. "You can eat this soft meat."

Next, he gave the lion the big bones with meat clinging to them. "With your teeth and strong jaws you can gnaw these bones and crack them open. That will give you plenty to eat."

Finally he gave the small bones to the ant. "You're tiny. You can climb inside these bones and find all the food you need."

The animals thanked the boy for solving their problem. Then the lion pulled out one of his claws. "Take this claw," he told the boy. "If you ever find yourself wishing you were a lion, just say, 'If I were a lion.' You'll become a lion."

El muchacho no había andado mucho cuando oyó voces fuertes discutiendo más adelante. Al doblar el recodo vio un león, un águila y una hormiguita gritándose y haciéndose gestos amenazantes. Cerca de ellos había un venado muerto.

—Animalitos —gritó el muchacho —, ¿qué les tiene tan enojados?

—Este venado es mío —gritó el águila—. Yo lo divisé desde arriba y empecé a perseguirlo.

El león la cortó: —Pero no eras capaz de hacerle nada. Yo lo alcancé y lo derribé. El venado es mío.

La hormiguita chirrió: —¡Es mío, es mío! Mira. Está echado sobre mi casa. ¡Es mío!

El muchacho desenfundó el cuchillo afilado: —Yo puedo resolver el problema —les dijo a los animales.

Primero, el muchacho separó la carne tierna de los huesos del venado. Se la dio al águila:

—Tú no tienes dientes —le dijo al águila—. Puedes comer esta carne tierna.

Después, le dio al león los huesos grandes con mucha carne todavía pegada: —Con tus dientes y fauces fuertes puedes morder estos huesos y romperlos. Eso te dará mucho que comer.

Para terminar le dio los huesos pequeños a la hormiguita: —Tú eres chiquitita. Puedes meterte dentro de estos huesos y encontrar toda la comida que necesitas.

Los animales le agradecieron el solucionar la disputa. Luego el león se arrancó una uña de la pata: —Toma esta uña —le dijo al muchacho—. Si en algún momento te ves deseando ser león, di: "Si yo fuera león" y te volverás león.

"Thank you," the boy told the lion. "That will be very helpful. But how do I become a person again?"

"Say, 'If I were a person,'" the lion told him.

Then the eagle pulled a feather from his wing and gave it to the boy. "If you wish to become an eagle, say, 'If I were an eagle.' You'll be an eagle."

The ant pulled one of the tiny feelers from her head. "If you want to be an ant, say, 'If I were an ant.' You'll be an ant."

The boy thanked the animals and left them to enjoy their meal. He walked on down the road. Soon he saw a group of evil-looking men riding up the road toward him. Guns and swords bristled from their belts. He knew it was a band of robbers.

At first, the boy thought he'd better turn and run. But if the robbers saw him they could easily chase him down on their horses. Then he remembered the gifts he had received from the animals. He said, "*If I were an ant…*"

The boy became a tiny ant and the robbers rode right past without even seeing him. When he thought it would be safe, the boy said, "If I were a person." He became a person again.

But one of the robbers happened to turn and look back up the road. He saw the boy and gave a shout. They all came charging toward the boy on their horses. Quickly the boy pulled out the eagle feather. "*If I were an eagle,*" he said and became an eagle. He flew away from the robbers.

Higher and higher the boy flew, farther and farther he traveled, until he saw a castle at the top of a mountain. The castle belonged to a giant, and the giant had a princess imprisoned there.

—Gracias —el muchacho le dijo al león—. Eso será muy útil. Pero, ¿cómo hago para volver a ser muchacho?

—Di: "Si yo fuera gente" —el león le dijo.

Luego el águila se quitó una pluma del ala y se la dio al muchacho: —Si quieres volverte águila, di: "Si yo fuera águila". Serás águila.

La hormiga se rompió uno de los cuernitos de su cabeza: —Si quieres ser hormiga, di: "Si yo fuera hormiga." Serás hormiga.

El muchacho les dio las gracias a los animales y los dejó para que aprovecharan su comida. Siguió su camino y, de pronto, vio a un grupo de hombres con cara de pocos amigos cabalgando hacia él. Llevaban los cinturones cargados de pistolas y espadas afiladas. Sabía que se trataba de una gavilla de ladrones.

Al principio el muchacho pensó dar vuelta y echarse a correr. Pero si los ladrones lo veían, lo alcanzarían rápidos en sus caballos. Luego recordó los regalos que los animales le habían dado. Dijo: —Si yo fuera hormiga.

El muchacho se convirtió en hormiga chiquitita y los ladrones siguieron de largo sin siquiera verlo. Cuando se pensó a salvo de los ladrones, dijo: —Si yo fuera gente. —Volvió a ser muchacho.

Pero tocó la casualidad que uno de los ladrones volvió a ver hacia atrás por el camino. Vio al muchacho y levantó el grito. Todos corrieron hacia el muchacho en sus caballos. Al instante, el muchacho sacó la pluma del águila: —Si yo fuera águila —dijo. Y se volvió águila. Levantó el vuelo y se escapó de los ladrones.

Arriba y todavía más arriba voló el muchacho, más y más lejos viajó, hasta que vio un castillo en lo alto de una montaña. Era el castillo de un gigante y este gigante tenía encerrada allí a una princesa.

The boy circled down and landed on the castle wall. He saw the princess sitting in the garden, weaving a cloth with threads of of gold and silver. Under a tree nearby, the giant lay asleep.

The boy flew down and perched on a low branch of the tree. When the princess looked up and saw him she said, "Oh, Giant, look at the beautiful eagle on the branch just above you. Catch it for me."

"Let me sleep," the giant grumbled, "What do you want with that bird?"

"I want to put it in a cage," the princess said. "It will be my companion. After all, if you're going to keep me here forever, the least you can do is let me have a pet."

"Foolish girl," the giant growled. But he caught the eagle and put it in a cage. All day long the princess kept the cage hanging beside her as she worked on her weaving. She talked to the eagle and told it how sad and lonely she was in the giant's castle.

That evening the princess carried the cage into her room in the castle and set it near the window. The giant closed the door and locked it, and the princess lay down to sleep. The boy thought, *Now is the time to come out of this cage.* He said, "If I were an ant," and became an ant. He ran between the bars of the cage and down to the floor. *Now I'll show the princess who I really am,* he thought. He said, "If I were a person," and returned to his own shape.

The boy shook the princess's bed and she opened her eyes. The princess was startled when she saw him and cried out. The boy heard heavy footsteps as the giant came running down the hall toward the princess's room. "If I were an ant," he said quickly. He scurried back up the wall and into the cage. "If I were an eagle," he said, and put his head under his wing and pretended to be asleep.

"Why did you cry out?" the giant asked as he opened the door.

El muchacho bajó en espiral y se posó en el muro del castillo. Vio a la princesa en el jardín tejiendo con hilos de oro y plata. Bajó un árbol ahí cerca dormitaba el gigante.

El muchacho bajó volando y se sentó en una rama un poco arriba de la princesa. Cuando la princesa levantó la vista y lo vio, dijo: —Gigante, mira la bella águila en el árbol. Atrápamela.

—Déjame dormir —mascullló el gigante—. ¿Para qué quieres esa ave?

—La quiero poner en una jaula —dijo la princesa—. Después de todo, si me vas a tener presa aquí para siempre, lo menos que puedes hacer es dejarme tener una mascota.

—Niña simplona —gruñó el gigante. Pero agarró el águila y la puso en una jaula. Durante todo el día la joven tuvo la jaula colgada a su lado mientras tejía. Habló con el ave. Le decía lo triste y solita que se sentía en el castillo del gigante.

—Al anochecer, la princesa llevó la jaula a su dormitorio en el castillo y la puso junto a la ventana. El gigante cerró la puerta y la atrancó, y la princesa se acostó a dormir. El muchacho pensó: "Éste es el momento para salir de la jaula". Dijo: —Si yo fuera hormiga, —y se volvió hormiga. Salió entre la barras de la jaula y bajó al piso. "Ahora revelo a la princesa quién realmente soy" pensó. Dijo: —Si yo fuera gente, —y recuperó su forma natural.

El muchacho movió la cama de la princesa y ella abrió los ojos. Se alarmó cuando lo vio y gritó. El muchacho oyó las pisadas fuertes del gigante acercarse por el corredor. Dijo rápido: —Si yo fuera hormiga. —Subió corriendo la pared y volvió a meterse en la jaula. Dijo: —Si yo fuera águila. —Puso la cabeza bajo un ala como si durmiera.

—¿Por qué gritaste? —preguntó el gigante mientras abría la puerta.

The princess had seen the boy turn into an ant, and then an eagle. She knew he must be a friend. So she made up a story to tell the giant. "I was just drifting away to sleep, and a terrible dream came to me," she said. "I dreamed that my father's armies came and killed you. I cried out in my dream and woke myself up."

The giant laughed. "Your father's armies will never harm me," he boasted.

"Of course not," the princess said. "You're so strong. Nothing in the world can hurt you. What is the secret of your strength, Giant?"

The giant's chest swelled with pride. "The secret of my power is simple. But the world is full of fools, and they'll never discover it. It is hidden inside a little speckled egg. And the egg is inside a white dove. The dove is in the belly of a black bear that lives in a green valley far away." The giant roared with laughter. "All anyone would have to do is throw that egg against my forehead. Then my strength would be like a natural man's."

"But no one will ever learn that secret, will they, Giant?" the princess said.

The giant roared, "Never!" And walked laughing back to his own room.

But the boy had heard everything. The next day when his cage was hung on the tree in the garden and the giant had fallen asleep in the shade, the boy said, " If I were an ant." He ran out of the cage and up onto the branch. "If I were an eagle," he said. He flew up over the castle wall.

"Oh, no!" cried the princess. "My eagle has escaped!" But the giant didn't even open his eyes.

The boy flew and flew until his wings were so tired he could hardly move them. Finally, he spotted a green valley in the distance.

La princesa había visto al muchacho convertirse en hormiga y luego en águila. Sabía que debía ser amigo e inventó un cuento para decir al gigante: —Casi estaba dormida y tuve un sueño terrible —le dijo—. Soñé que el ejército de mi padre llegaba aquí y te mataba. Grité dormida y me desperté.

El gigante se rió. —El ejército de tu padre nunca va a hacerme daño —fanfarroneó.

—Por supuesto que no —dijo la princesa—. Tú eres tan poderoso. Nada del mundo te puede lastimar. Dime, gigante, ¿qué es el secreto de tu poder?

El pecho del gigante se hinchó con orgullo: —El secreto de mi poder es algo muy sencillo. Pero el mundo está lleno de tontos. Nunca lo van a descubrir. Está escondido dentro de un huevo que tiene la cáscara con manchas. El huevo está dentro de una paloma blanca y la paloma está en la barriga de un oso negro que vive en un valle verdoso lejos, lejos de aquí. —El gigante se rió a carcajadas— . Lo único que alguien tendría que hacer sería estrellar el huevo contra mi frente y yo quedaría con la fuerza de un hombre cualquiera.

—Pero nadie va a descubrir el secreto, ¿verdad? —dijo la princesa.

El gigante bramó: —¡Nunca! —Y regresó riendo a su habitación.

Pero el muchacho lo había oído todo. El próximo día, cuando la jaula estaba colgada del árbol en el jardín y el gigante dormía en la sombra, el muchacho dijo: —Si yo fuera hormiga. —Salió de la jaula y corrió a la rama. Dijo: —Si yo fuera águila. —Se fue volando sobre el muro del castillo.

—¡Ay, no! —gritó la princesa —Se me escapó el águila. —Pero el gigante ni siquiera abrió los ojos.

El muchacho voló y voló hasta que se le cansaron tanto las alas que apenas si las podía mover. Al fin, vio un valle verde allá a lo lejos.

As he flew over the valley he saw a great black bear rambling through the trees and thickets. It looked as though no people lived in the green valley, but in the next valley to the east, the boy saw a small house.

The boy landed not far from the house. He said, "If I were a person." Then he walked to the house and asked if he could have lodging for the night. The people who lived in the house were kind and told him he could sleep in their stable. They invited him to sit and eat with them.

As they ate, the boy asked how they managed to make a living in that valley, and the people told him, "We have a flock of sheep."

"Who takes the sheep to pasture?" the boy asked.

"Our daughter takes them out each morning, and returns with them at the end of the day."

"Tomorrow I'll take your sheep out to graze, to repay you for your kindness."

The man said that would be fine, but he warned the boy not to take the sheep into the green valley to the west. "A fierce bear lives in that valley. We don't dare enter there."

The next morning, the boy drove the sheep from their pen and started up the valley. When he returned that evening, the sheep looked fat and contented, but the boy appeared to be exhausted. He ate only a few bites of supper and then stumbled to the stable to sleep. But he told the people he would tend their sheep again the next day.

The woman said to her husband, "Where can the boy have taken our sheep that they came home looking so healthy? And what do you suppose has made him so tired?"

"Who knows?" the man replied. And then he told their daughter, "Follow the boy tomorrow and see where he goes and what he does."

Cuando voló sobre el valle vio un gran oso negro vagando por las arboledas y maleza. Al parecer, nadie vivía en el valle, pero en el valle próximo, al este, el muchacho vio una casita.

Aterrizó cerca de la casa. Dijo: —Si yo fuera gente. —Luego fue a la casa y pidió posada por la noche. La gente de la casa era buena y le dio licencia para dormir en la cuadra. Lo invitaron a sentarse a comer con ellos.

Mientras cenaban, el muchacho les preguntó cómo se ganaban la vida en ese valle. Ellos le dijeron: —Tenemos un rebaño de ovejas.

—¿Quién cuida las ovejas? —el muchacho preguntó.

—Nuestra hija las lleva a pastar por la mañana, y las vuelve a casa al final del día.

—Mañana yo llevo las ovejas a pastar, para pagarles su bondad.

El hombre dijo que estaría bien, pero previno al muchacho de no llevar las ovejas al valle más al oeste: —Un oso feroz vive en ese valle. Ni nos atrevemos a entrar allí.

A la mañana siguiente, el muchacho sacó a las ovejas del corral y se fue valle arriba. Cuando regresó por la tarde, trajo a las ovejas gordas y contentas, pero él parecía exhausto. Cenó unos cuantos bocados y luego se tambaleó a la cuadra para dormir, no sin antes decirle a la gente que volvería a cuidar las ovejas el próximo día.

La mujer le dijo a su marido: —¿A dónde habrá llevado las ovejas que vienen tan fuertes? ¿Y qué supones que lo haya cansado tanto?

—¿Quién sabe? —el hombre respondió. Y luego le dijo a la hija: —Sigue al muchacho mañana para ver a dónde va y qué hace.

So the next morning, as the boy drove the sheep up the valley, the girl followed him. She saw that when he was just out of sight of the house he turned the flock to the west and drove them into the forbidden valley.

While she watched from behind a bush she saw the sheep settle down to graze happily on the lush grass. Then the girl saw the black bear rush out of the thicket and run toward the flock. The boy suddenly became a lion and ran to meet the bear's charge. All day long the bear and the lion fought, until finally they fell to the ground beside each other, too tired to move.

Then the bear turned his head toward the lion and said, "If only I had a slab of ice to roll on, I would rise up and tear you into a thousand pieces."

And the lion replied, "If only I had a sip of sweet wine to drink, and a kiss from a pretty girl, I would rise up and tear you into two thousand pieces."

Finally, the bear struggled back into the bushes and the lion became the boy once again. He started home with the flock.

That night, the girl told her parents what she had seen and heard. Her father told her, "Follow the boy again tomorrow. Take along a cup and a flask of sweet wine."

The next morning the girl followed the boy into the valley again. Soon the bear appeared, and the boy became a lion. All day they fought until they fell exhausted to the ground.

"If only I had a slab of ice to roll on," the bear growled, "I would rise up and tear you into a thousand pieces."

"If only I had a sip of sweet wine, and a kiss from a pretty girl," said the lion, "I would rise up and tear you into two thousand pieces."

Así que a la otra mañana, cuando el muchacho llevó las ovejas valle arriba, la muchacha lo siguió. Vio que tan pronto se perdía de vista la casa, viraba el rebaño hacia el oeste y lo llevaba al valle prohibido.

Observó desde detrás de una mata y vio que las ovejas comenzaron a pastar contentas la hierba rica. Luego la muchacha vio que un oso negro salía del matorral y corría hacia el rebaño. De repente, el muchacho se convirtió en león y corrió al encuentro del oso. El oso y el león lucharon todo el día, hasta que al fin los dos se desplomaron rendidos al suelo, sin siquiera poder moverse.

El oso se volvió hacia el león y dijo: —Si yo tuviera un planchón de hielo en que revolcarme, me levantaría y te rompería en mil pedazos.

El león repuso: —Si yo tuviera un sorbo de vino dulce y un beso de una doncella, me levantaría y te rompería en dos mil pedazos.

Al fin, el oso regresó pesadamente al matorral y el león volvió a ser muchacho y se encaminó a casa con el rebaño.

Aquella noche, la muchacha contó lo que había visto y oído. Su padre le dijo: —Mañana, sigue al muchacho otra vez. Lleva una copa y un frasco de vino dulce.

A la mañana siguiente, la muchacha volvió a seguir al muchacho hasta el valle. Pronto apareció el oso y el muchacho se convirtió en león. Pasaron el día peleando hasta tumbarse agotados al suelo.

—Si yo tuviera un planchón de hielo en que revolcarme —rugió el oso—, me levantaría y te rompería en mil pedazos.

—Si yo tuviera un sorbo de vino dulce y un beso de una doncella —dijo el león—, me levantaría y te rompería en dos mil pedazos.

The girl ran from behind the bush. She filled a cup with wine and held the lion's head in her lap while he sipped. Then she bent down and kissed him.

The lion rose up, and lashed out at the bear with his paw. The bear's belly split wide open, and a white dove burst out and flew away.

Instantly the lion became an eagle and flew after the dove. When the eagle caught the dove, an egg fell from it and landed in the girl's lap. She held the egg up high, and the eagle swooped down and snatched it from her hand and then flew away.

The boy flew back toward the giant's castle. He arrived the next morning, and saw the princess weaving in the garden. As usual, the giant was sleeping under the tree.

The boy flew down and perched on a branch. "Giant, look!" the princess said, "My eagle has come back."

"Don't bother me," the giant muttered. "Can't you see I'm sleeping?"

So the boy flew down to the ground. "If I were a person," he said. Then the boy handed the egg to the princess. She ran to the giant and threw it against his forehead.

The giant jumped to his feet, but already he had begun to grow smaller. His hair was turning grey and his skin began to wrinkle. He became a little old man.

The boy took the keys from the old man's belt and set the princess free. She wanted him to return with her to her father's palace, but the boy had other plans.

He flew back to the valley where the kindly people kept their sheep. He married the girl who had helped him overcome the fierce bear. They lived happily together for many years, and he never became a lion or an eagle or an ant again—except when he was an old, old man, and then he did it just to make his grandchildren laugh.

La muchacha corrió de su escondite. Llenó la copa de vino y sostuvo la cabeza del león en su regazo mientras le daba de beber. Luego, agachó la cabeza y le dio un beso.

El león se levantó de un salto y lanzó un zarpazo al oso. La panza del oso se abrió y de ella salió disparada una paloma blanca que se fue volando.

Al instante el león se volvió águila y dio caza a la paloma. Cuando el águila atrapó la paloma, un huevo le cayó, dando en el regazo de la muchacha. Ella alzó la mano con el huevo y el águila se precipitó para arrebatárselo de los dedos y partió volando.

El muchacho regresó volando al castillo del gigante. Llegó a la mañana siguiente y vio que la princesa tejía en el jardín. Como de costumbre, el gigante dormitaba bajo el árbol.

El muchacho bajó volando y se posó en una rama. —Mira, gigante —dijo la princesa—. Mi águila ha regresado.

—No me molestes —masculló el gigante—. ¿No ves que estoy dormido?

Así que el muchacho bajó hasta el suelo. Dijo: —Si yo fuera gente. —Luego el muchacho le dio el huevo a la princesa. Ella corrió al gigante y estrelló el huevo contra su frente.

El gigante se levantó de un salto, pero ya había comenzado a achicarse. Su pelo comenzó a encanecerse y su piel a arrugarse. Se convirtió en viejecito.

El muchacho tomó las llaves del cinturón del viejo y liberó a la princesa. Ella quería que la acompañara al palacio de su padre, pero el plan del muchacho era otro.

Regresó volando al valle donde la buena gente tenía sus ovejas. Se casó con la muchacha que lo había ayudado a vencer al oso feroz. Vivieron felices por muchos años y nunca volvió a convertirse en león, ni en águila, ni tampoco en hormiguita, hasta cuando ya era viejo, viejo. Entonces lo hacía para hacer reír a sus nietos.

What Am I Thinking?
¿Qué estoy pensando?

There was once a very good priest who served at the church in a poor village. He was a small man and so everyone just called him Padre Chiquito. The people loved Padre Chiquito for his kindness and wisdom and for his gift of making people feel at peace with themselves.

There was another man in the village who was loved by everyone, but for a different reason. He could make the people laugh. There wasn't a hair on that man's head, so everyone called him Pelón, the bald one. His bald head was full of songs and verses, and especially riddles. He could come up with a riddle about almost anything, but no one else could ever ask a riddle that would stump Pelón.

Había una vez un buen padre que oficiaba en la iglesia de un pueblo humilde. Era un hombre bajo y todo el mundo le decía Padre Chiquito. La gente amaba al Padre Chiquito por su bondad, su sabiduría y por su don de hacer que todos se sintieran tranquilos.

Había otro hombre en el pueblo que todo el mundo quería, pero por otro motivo. Sabía hacer reír a la gente. No había ni un solo pelo en la cabeza del hombre, por lo que todos le decían Pelón. Esa cabeza calva estaba llena de cancioncitas y versos, pero más que nada, adivinanzas. Sabía salir con una adivinanza sobre cualquier cosa, y nadie le podía decir una adivinanza que no acertara.

Pelón was the one who swept out the church and kept the building in good repair for Padre Chiquito. And when the worries of the poor villagers weighed too heavily on the good priest, Pelón managed to keep Padre Chiquito smiling with his jokes and riddles.

One Sunday, just as Padre Chiquito was about to begin the Mass, a carriage pulled up in front of the church, and who should step down but the governor of the province. The governor was a very greedy and cruel man, and there was no telling what trouble he might bring to the village.

The governor strode to the front row of the church and took a seat, and the Mass began. As soon as Padre Chiquito began speaking, the people were calmed. He gave the most beautiful sermon they had ever heard. Their hearts filled with pride in their good priest. And so, when it was time for the collection, the people dug deep into their pockets and brought out every last penny they could afford.

The governor watched this, and thought, *Look at these people. When my tax collectors come around they say, 'We're poor farmers. We have nothing to offer.' But here they are giving their money with both hands to this priest!* And the governor began plotting how he could get rid of the priest.

When the Mass had ended and the people had returned peacefully to their homes, the governor approached Padre Chiquito, shaking his head in concern. "I don't know, Padre," he said. "I'm not at all sure you're wise enough to serve the people of this village. I'm going to give you a test. I will give you three questions and three days in which to answer them. If you can come to my palace three days from today with the correct answers, you may stay here in this village. But if you fail, I'll have you removed and I'll put in your place a priest of my choosing."

Era Pelón quien barría la iglesia y mantenía el edificio en buenas condiciones para el Padre Chiquito. Y cuando los problemas de los pobres poblanos abrumaban al buen sacerdote, Pelón lograba hacerlo sonreír con sus chistes y adivinanzas.

Un domingo, justamente cuando el Padre Chiquito estaba por comenzar la misa, un carruaje se detuvo delante de la iglesia y quién bajó de él más que el gobernador de la provincia. Este gobernador era muy altivo y avaro y no se sabía qué mal podría causar al pueblo.

El gobernador caminó hasta la primera fila de la iglesia y se sentó y la misa comenzó. Tan pronto como el Padre Chiquito comenzó a hablar, la gente se tranquilizó. Pronunció la homilía más bella que hubieran oído nunca. Se hincharon de orgullo por su buen cura. Así que cuando llegó el momento para dar el donativo metieron las manos en los bolsillos y sacaron todos los centavitos que tenían.

El gobernador se fijó en esto y pensó: "Mira esta gente. Cuando mis recolectores de impuestos vienen por aquí, dicen, Somos labradores pobres. No tenemos nada que dar. Pero dan dinero a manos llenas a este padre." Y el gobernador se puso a tramar cómo deshacerse del cura.

Cuando terminó la misa y la gente regresó tranquilamente a casa, el gobernador se acercó al padre, moviendo la cabeza preocupado. —No sé, padre —dijo—. No estoy convencido de que usted sea bastante sabio para servir a la gente de este pueblo. Le voy a poner una prueba. Le doy tres preguntas y el plazo de tres días para encontrar las respuestas. Si usted puede venir a mi palacio después de tres días y contestar bien, puede continuar aquí en este pueblo. Pero si no lo hace, lo voy a despedir y pongo en su lugar al sacerdote de mi preferencia.

Padre Chiquito had no choice but to agree. So the governor looked about him, trying to come up with a hard question. Under a tree on the other side of the street he saw a dog turn around several times in the grass and then lie down.

"This is the first question," said the governor. "How many circles does a dog make before it lies down?"

The priest repeated the question to himself, "How many circles does a dog make before it lies down?" How could he give one answer to that question? It would probably be a different number each time the dog lies down.

The governor saw the worried look come over the priest's face, and he smiled to himself. He had already thought of the next question. "Here is the second question," he continued. "How deep is the sea?"

How deep is the sea? thought Padre Chiquito. *How should I know that? I'm a priest, not a man of science.*

The governor smiled broadly. His third question was the best of all. He asked the priest, "What am I thinking?"

The priest shuddered within himself as he repeated the question, "What am I thinking?" That was an impossible question to answer!

Then the governor turned on his heel and walked out of the church, leaving Padre Chiquito in despair over the difficulty of answering those questions in three lifetimes, let alone in three days.

A short while later, when Pelón arrived to sweep out the church, he saw how worried the priest looked. When he learned the reason, he said, "Don't worry, Padre Chiquito. Lend me one of your robes and your little burro to ride to the governor's palace. I'll go and answer those questions for you."

Padre Chiquito no pudo más que consentir. El gobernador miró alrededor, buscando una pregunta difícil de contestar. Bajo un árbol al otro lado de la calle vio que un perro dio varios vueltas en la hierba y luego se acostó.

—Esta es la primera pregunta —dijo el gobernador—. ¿Cuántas vueltas da un perro antes de acostarse?

El padre repitió la pregunta a sí mismo: —¿Cuántas vueltas da un perro antes de acostarse? —¿Cómo podría haber una sola respuesta a esa pregunta? Puede ser un número distinto cada vez que el perro se acuesta.

El gobernador notó la preocupación en la cara del cura y se sonrió para sí. Ya había inventado la próxima pregunta: —Esta es la segunda pregunta —prosiguió—. ¿Qué tan hondo es el mar?

"¿Qué tan hondo es el mar?" pensó Padre Chiquito. "¿Cómo lo voy a saber? Soy sacerdote, no científico."

El gobernador sonrió grandemente. La tercera pregunta era la mejor de todas. Le dijo al padre: —¿Qué estoy pensando?

El padre se estremeció al repetirse la pregunta. "¿Qué estoy pensando?" ¡Era una pregunta imposible de contestar!

Con eso, el gobernador dio media vuelta y salió de la iglesia, dejando al Padre Chiquito preguntándose cómo poder encontrar las respuestas en tres vidas, mucho menos en tres días.

Un poco más tarde, cuando Pelón llegó para barrer la iglesia, vio lo preocupado que estaba el cura. Cuando supo el porqué, dijo: —No tenga cuidado, Padre Chiquito. Présteme una de sus sotanas y déjeme montar su burro para ir al palacio del gobernador. Voy a ver si puedo contestar las preguntas.

Padre Chiquito didn't really think anyone could answer the questions, but he saw no better solution, so three days later Pelón dressed himself in one of the priest's robes and pulled the hood up over his head. He mounted the priest's burro and went trotting off to the governor's palace.

The governor had invited all his rich friends to watch him make a fool of the good priest. Pelón entered the hall and stood humbly before the crowd of wealthy people. "Are you ready, Padre?" asked the Governor. Pelón nodded his head.

Then the governor stated his first question, "How many circles does a dog make before it lies down?"

"How many circles does a dog make before it lies down?" repeated Pelón. "That's obvious, Your Excellency. As many as it wants to."

The governor's rich friends declared that was a good answer. But the governor wasn't impressed. He knew that was the easiest question of all.

He stated his second question. "How deep is the sea?"

"How deep is the sea?" Pelón repeated, smiling. "Exactly one stone's throw."

"One stone's throw?" laughed the governor. "You think the sea is no deeper than that?" But then he realized the answer was right. If you throw a stone into the sea, it goes exactly to the bottom and no farther. The rich friends nodded to one another in approval.

Well, thought the governor, *this priest is more clever than I expected.* But still he felt confident. He had one more question, one that was impossible to answer. "What am I thinking?"

"What are you thinking, Your Excellency? That's the easiest question of all. You think I'm Padre Chiquito, but I'm not. I'm Pelón, the priest's helper!" And he threw back the hood and showed everyone his bald head.

De hecho, el Padre Chiquito no creía que nadie pudiera responder esas preguntas, pero no vio otra opción. Así que tres días más tarde Pelón se vistió en una sotana del cura y se cubrió la cabeza con la capucha. Montó el burro del padre y se fue al trote para el palacio del gobernador.

El gobernador había invitado a todos sus amigos adinerados a verlo burlarse del buen sacerdote. Pelón entró en la sala y se paró humildemente en frente del grupo de ricos. —¿Está listo, padre? —preguntó el gobernador. Pelón asintió con la cabeza.

El gobernador pronunció la primera pregunta: —¿Cuántas vueltas da un perro antes de acostarse?

—¿Cuántas vueltas da un perro antes de acostarse? —repitió Pelón—. Es obvio, Su Excelencia. Todas las que le dé la gana.

Los amigos ricos del gobernador lo juzgaron cierto. Pero el gobernador no se impresionó. Sabía que esa pregunta era la más fácil.

Planteó la segunda pregunta: —¿Qué tan hondo es el mar?

—¿Qué tan hondo es el mar? —repitió el Pelón—. Exactamente una tirada de una piedra.

—¿Una tirada de una piedra? —se rió el gobernador—. ¿Usted cree que el mar tiene tan poca profundidad? —Pero luego se dio cuenta de que esta respuesta también era cierta. Si uno tira una piedra al mar, llega exactamente hasta el fondo. Los amigos ricos aprobaron con la cabeza.

"Bueno," pensó el gobernador, "este cura es más listo de lo yo esperaba". Pero no perdió la confianza. Le quedaba una pregunta y era imposible de contestar: —¿Qué estoy pensando?

—¿Qué está pensando, Su Excelencia? Es la pregunta más fácil de todas. Usted piensa que soy el Padre Chiquito, pero no lo soy. Soy Pelón, el ayudante del cura. —Y tiró la capucha hacia atrás para mostrar su calva a todos.

Everyone laughed with delight. And the governor had to swallow his pride and join in the laughter himself. He invited Pelón to stay and eat with him and his friends, and then sent the faithful servant home with the news that Padre Chiquito could stay and serve the good people of the village for the rest of his life. And that is exactly what he did.

Todo el mundo se rió divertido. Y el gobernador tuvo que tragarse el enfado y reír también. Invitó a Pelón a quedarse para comer con él y sus amigos y, luego, mandó a casa al sirviente fiel con la buena noticia de que el Padre Chiquito podía continuar con la buena gente del pueblo por el resto de su vida. Y eso es exactamente lo que hizo.

The Golden Slippers
Zapatillas de oro

There was once a queen who lived in a big house with her only son, the prince. The king had died years before. The queen was extremely fond of her son and gave him everything he wanted.

But the prince didn't ask for much because he was a very good young man. About the only favor he asked was that his mother have her seamstress make a new dress every day. Each morning the prince carried the new dress to the church in a package. He lit a candle in front of the wooden figure of Saint Mary and said a prayer. He would leave the package in front of the statue, and later that morning the old woman who cleaned the church would dress Santa María in her new garment.

Había una vez una reina que vivía en una casona con su único hijo, el príncipe. El rey se había muerto hacía años. La reina apreciaba mucho a su hijo y le concedía todo lo que pedía.

Pero el príncipe no pedía mucho, porque era un buen joven. Casi lo único que pedía era que su madre mandara hacer a su costurera un vestido nuevo cada día. Cada mañana el príncipe llevaba el vestido nuevo a la iglesia en un envoltorio. Prendía una vela ante la figura tallada en madera de Santa María y decía una oración. Dejaba el bulto delante de la estatua y más tarde la viejita que limpiaba la iglesia vestía a Santa María en su nuevo atuendo.

In the same village there lived a very poor woman who had just one daughter. Like the queen, the poor woman had no husband. And like the queen she was extremely fond of her child. But while the prince dressed in royal finery, the poor girl had to go about in rags.

One morning when the prince entered the church, he saw the poor girl kneeling before the statue of Saint Mary. Of course, he didn't want to disturb her, so he sat quietly to wait until she had finished her prayers. But he couldn't help hearing what the poor girl was saying. "Santa María," the poor girl prayed, "every time I come here you're wearing a beautiful new dress. And I'm wearing the same old rags. Please, would you send me just one of your dresses someday, so that I may come to Mass on Sunday looking lovely, like the other girls do?"

After the girl had left, the prince lit a candle and prayed. He left a new dress for the statue, and then hurried home. He said to the queen, "Mother, have your seamstress make the finest dress she is able to. Send it to the poor girl who lives in the town. And have your goldsmith make a pair of golden slippers for her as well!"

Of course the queen did as her son wished, and the servants delivered the gifts to the poor girl. "Look!" the girl cried, "my prayers have been answered." And she hugged and kissed her mother.

Then she ran next door to show the neighbor girls what she had received. What she didn't know was that the neighbor girls were greedy, and the sight of the beautiful dress and the golden slippers filled them with envy. They placed a spell on the slippers, so that whoever put them on would fall into a deep, death-like sleep.

En el mismo pueblo vivía una señora muy pobre que tenía una sola hija. Al igual que la reina, la pobre era viuda. Y, como la reina, apreciaba mucho a su hija. Pero mientras el príncipe se vestía con fina ropa real, la niña pobre andaba en harapos.

Una mañana cuando el príncipe entraba a la iglesia, vio a la niña pobre hincada ante la estatua de Santa María. Por supuesto, no quería estorbarla y se quedó quieto, esperando a que terminara su oración. Pero no pudo evitar oír lo que decía:

—Santa María —rezaba la pobre—, cada vez que vengo, tú llevas un nuevo vestido hermoso, y yo en los harapos de siempre. Por favor, ¿me puedes mandar uno de tus vestidos algún día, para que pueda venir a la misa de domingo viéndome linda, como las otras muchachas?

Después de que se fue la muchacha, el príncipe prendió una vela y rezó. Dejó un vestido nuevo para la estatua, y luego corrió a casa. Le dijo a la reina: —Madre, haz que tu costurera haga el vestido más fino que pueda. Mándalo a la niña pobre que vive en el pueblo. Y manda hacer al orfebre unas zapatillas de oro para ella también.

Por supuesto que la reina se lo concedió, y los sirvientes entregaron los regalos a la pobre. La niña gritó a su madre: —¡Mira! Mi rogación se cumplió. —Y abrazó y besó a su madre.

Luego corrió a la casa de al lado para mostrar a las muchachas vecinas lo que había recibido. Lo que no sabía era que las vecinas eran muy codiciosas, y la vista del vestido hermoso y las zapatillas de oro les llenó de envidia. Echaron un encanto a las zapatillas, para que quienquiera que se las pusiera cayera en un sueño profundo, como si estuviera muerto.

The very next Sunday the poor girl put on her new dress to go to the church and thank Saint Mary. She was about to put on a golden slipper, but then she thought, "These slippers will get dirty as I'm walking to church. I'll carry them, and put them on after I get there."

So she carried her slippers to the church. In the corner, right next to the statue of Saint Mary, she sat down and put one slipper on. She yawned and shook her head because she felt so sleepy. She put on the other slipper and fell into a deep sleep. She slept so soundly that she wasn't even breathing.

The priest arrived at the church and found her. "A miracle!" he gasped. "A new statue of the saint has appeared. And how life-like it is in every detail. No human hand could have produced this work of art!"

The priest placed the new statue in a niche beside the old one and announced to the people that they had been blessed with a miracle.

Now each morning the prince lit candles in front of both statues, and for each he brought a fresh dress.

Soon after this, the prince decided it was time to choose a wife. Of course, he did what princes always do when they wish to find a wife. He planned three evenings of dancing at his house and invited everyone from far and near to attend.

Among the girls who arrived from far away were two who had no fine clothes to wear. But they had come anyway, hoping they might be able to borrow some dresses. As soon as they arrived in the town they went to the church to pray for good luck, and they saw the two elegantly dressed statues.

El próximo domingo la pobre se puso el vestido nuevo para ir a la iglesia y agradecer a Santa María. Se disponía a ponerse una zapatilla de oro, pero luego pensó: "Estas zapatillas se me van a ensuciar en el camino a la iglesia. Las llevo y me las pongo cuando llegue ahí."

Así que llevó las zapatillas a la iglesia. En un rincón, junto a la estatua de Santa María, se sentó y se puso una zapatilla. Bostezó y movió la cabeza, porque tenía mucho sueño. Se puso la otra zapatilla y se hundió en un sueño profundo. Dormía tan profundamente que ni respiraba.

El padre llegó a la iglesia y la encontró. —¡Es un milagro! —boqueó—. Una nueva estatua de la santa ha aparecido. Y es tan realista en todo detalle. Ninguna mano humana sería capaz de hacer esta obra.

El padre colocó la nueva estatua en un nicho junto a la antigua y anunció a los feligreses que habían sido bendecidos con un milagro.

Ahora cada mañana el príncipe prendía una vela delante de las dos estatuas y para cada una traía un nuevo vestido.

Poco después de esto, el príncipe decidió que ya era tiempo para casarse. Por supuesto, hizo lo que hacen todos los príncipes cuando quieren encontrar novia. Planificó tres tardeadas de baile en su casa e invitó a la gente de cerca y de lejos a venir.

Entre las muchachas que vinieron de lejos había dos que no tenían ropa fina para el baile. Pero vinieron de todos modos, esperando pedir prestados vestidos de gala. Tan pronto llegaron al pueblo fueron a la iglesia para rezar por buena suerte y vieron las dos estatuas ataviadas.

"Let's just take the dresses from these statues," one of the girls said.

"Of course!" said the other. "The saints won't mind lending us their dresses. Their petticoats are fancier than our dresses anyway. And we'll have the dresses back before morning."

So that evening the two girls attended the dance in the dresses they had borrowed from the statues in the church. They had a wonderful time, even though they didn't seem to attract any special attention from the prince. But, for that matter, neither did any of the other girls at the dance.

The next evening the girls went again to the church to borrow the dresses from the statues. Imagine their delight to discover that the statues wore new dresses!

Once again a fine time was had by all who attended the dance, but the prince still didn't seem to be falling in love with any of the young women.

As the third evening approached, the prince was growing worried. Maybe his plan wasn't going to work after all. So before the hour of the dance, the prince went to the church to light candles in front of the saints he was so devoted to. When he entered the church, what should he see but two young women about to remove the dresses from the statues.

The prince crept up closer to find out what the two girls were up to. He heard one of them say, "These dresses are even more beautiful than the last two. Surely the prince will notice one of us in these dresses."

"I don't know," sighed the other. "I wonder if he'll fall in love with any girl."

And then the first said, "I know what I'm going to do. Look at the golden slippers this statue has on. I'm going to wear them tonight. That will catch the prince's attention!"

—¿Por qué no les quitamos los vestidos a estas estatuas? —dijo la una.

—Claro que sí —respondió la otra—. A las santas no les va a importar prestarnos sus vestidos. De todos modos, sus enaguas son más lindas que nuestros vestidos. Y devolveremos los vestidos para la mañana.

Así que esa tarde las muchachas fueron al baile en los vestidos de las estatuas de la iglesia. La pasaron de maravilla, aunque no parecían llamarle la atención al príncipe. Pero, a decir verdad, tampoco lo hacía ninguna otra muchacha en el baile.

A la tarde siguiente, las muchachas volvieron a la iglesia para tomar prestados los vestidos de las estatuas. Imagínate el gusto que les dio ver que las estatuas llevaban puestos vestidos nuevos.

Otra vez todo el mundo se divirtió mucho en el baile, pero el príncipe todavía no parecía dispuesto a enamorarse de ninguna joven.

Al ver acercarse la tercera tarde, el príncipe comenzó a preocuparse. Tal vez el plan no diera resultado. Así que antes de la hora del baile el príncipe fue a la iglesia para prender velas a las santas a las que estaba tan devoto. Cuando entró a la iglesia, vio a dos jóvenes a punto de quitarles los vestidos a las estatuas.

El príncipe se les acercó sin hacer ruido, para averiguar lo que hacían. Oyó decir a la una: —Estos vestidos son aun más hermosos que los últimos dos. Seguramente el príncipe se va a fijar en nosotras en estos vestidos.

—No sé —suspiró la otra—. Me pregunto si se va a enamorar de alguna muchacha.

Luego dijo la primera: —Yo sé que voy a hacer. Mira las zapatillas de oro que tiene esta estatua. Las voy a llevar esta noche. Eso sí le va a llamar la atención al príncipe.

The girl removed one slipper from the statue.

"Look!" said her friend, "Santa María moved her leg. She must be angry that you're taking her slippers!"

The other girl laughed and said to the statue, "Don't worry, Santa María. You'll have your slippers back before morning." She pulled off the other slipper.

The statue yawned and stretched and rubbed her eyes. "Oh," she said, "what a sleep I've been having!"

The two girls were frightened and ran from the church, but the prince recognized the poor girl. He ran from his hiding place.

"Please, go with me to the dance tonight!" he begged her.

They went to the dance together, and, of course, it wasn't long before the two of them were married. They put the golden slippers on the real statue of Saint Mary, and to this day the two of them go each morning to light a candle in front of Santa María and bring her a beautiful new dress.

La muchacha le quitó una zapatilla a la estatua.

—¡Mira! —gritó su amiga—. Santa María movió la pierna. Estará enfadada que le estás quitando las zapatillas.

La otra se rió y dijo a la estatua: —No te preocupes, Santa María. Te devuelvo las zapatillas para la mañana. —Le quitó la otra zapatilla.

La estatua bostezó y se estiró, restregándose los ojos: —¡Ay! —dijo—, qué sueño he llevado.

Las dos jóvenes se alarmaron y salieron corriendo de la iglesia, pero el príncipe reconoció a la muchacha pobre. Corrió de su escondite.

—Por favor, acompáñame al baile esta noche —le rogó.

Fueron juntos al baile y, por supuesto, dentro de poco tiempo se casaron. Pusieron las zapatillas de oro en la verdadera estatua de Santa María, y todavía hoy los dos van cada mañana a la iglesia para prender una vela delante de Santa María y llevarle un nuevo vestido hermoso.

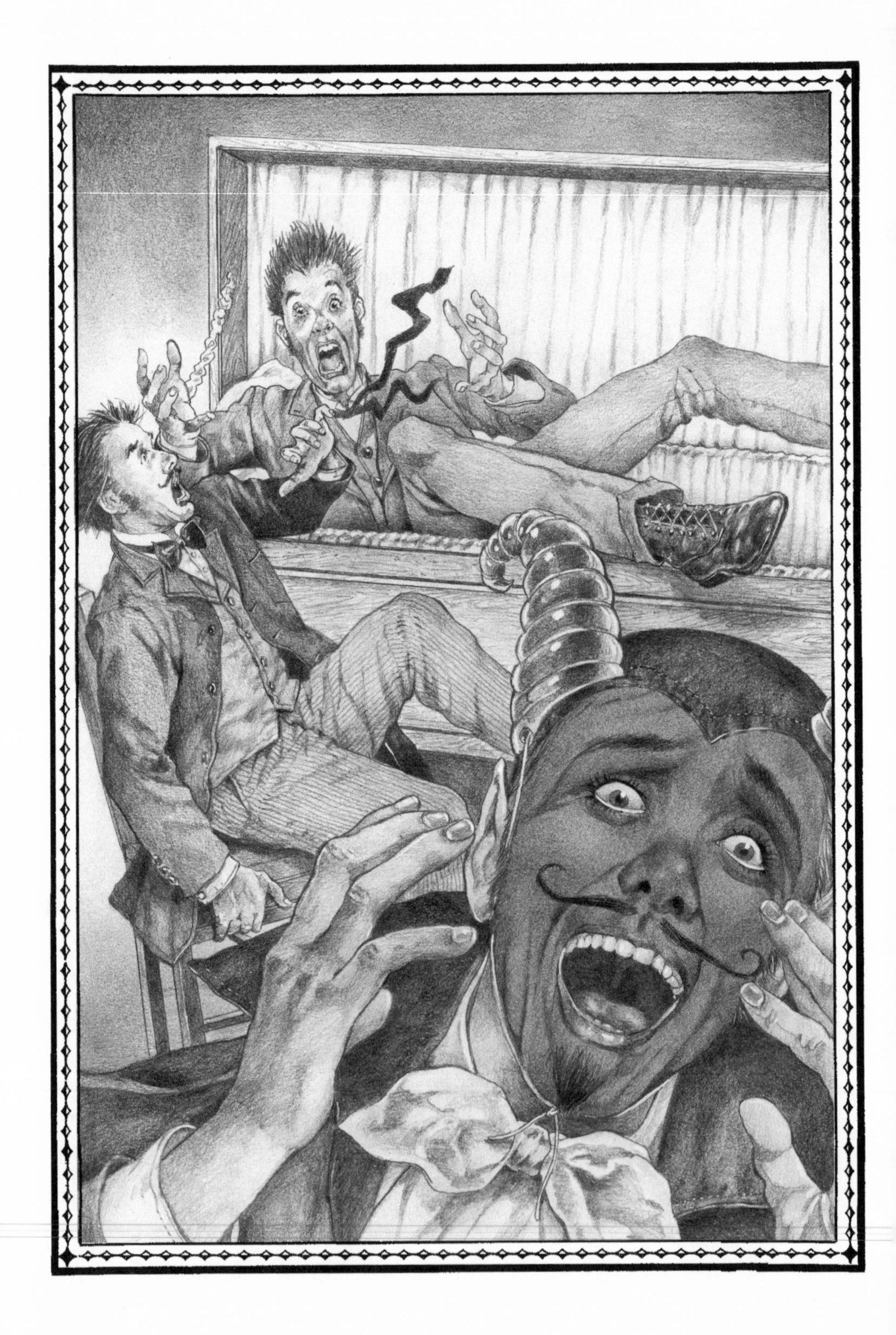

Caught on a Nail
Enganchado en un clavo

In a little farming village hidden in a mountain valley they tell a funny story about three young men who fell in love with the same girl. The girl wasn't really interested in any of the three, and the young men just about drove her crazy trying to win her attention.

Almost every night at least one of them would stand outside her window and sing love songs to her. Sometimes two of them, or even all three, would show up on the same evening. Then there would be a howling contest to see who could sound the loudest and most forlorn. In the daytime, they tried to impress her by racing past her house on fast horses. Whenever she walked on the street, one of the young men would hurry to catch up to her and have a conversation, or offer her a flower.

En un pueblito campesino perdido entre las montañas cuentan un cuento gracioso de tres jóvenes que se enamoraron de la misma chica. A la muchacha no le interesaba ninguno de los tres y por poco la vuelven loca con sus esfuerzos por llamar su atención.

Casi todas las noches llegaba uno de los jóvenes a pararse fuera de la ventana de la muchacha y cantarle canciones de amor. A veces dos, o hasta los tres, venían en la misma noche. Luego se daban a una competencia de aullar a cuál más recio y desesperado. De día pasaban por su casa a toda carrera en caballos ligeros para impresionarla. Siempre que paseaba por el pueblo, uno de los jóvenes se apresuraba a alcanzarla y entablar una plática u ofrecerle una flor.

Later, when she met up with the third young man, she told him, "You surely know that abandoned house at the edge of the town. If you go to the house right at midnight tonight, you'll see a dead man in a coffin. There will be another ghost in a chair beside the coffin saying prayers. If you are brave enough to dress up like the devil—with your face all blacked with charcoal and cow horns tied to your head—and dance around those dead men all night long, I would enjoy the pleasure of your company."

Of course the third young man said he would do it.

A little before eleven-thirty that night, the girl went to the house. The coffin was there, just as the carpenter had promised. She lit a candle at the head of the coffin and then hid in a back room to see what would happen.

Sure enough, at eleven-thirty, the first young man arrived at the house. The girl saw him trembling as he climbed into the coffin. Then he pulled a cloth over his face and lay perfectly still.

Fifteen minutes later, the second young man arrived. He dragged an old chair over near the coffin and began to pray in a quivering voice. The rosary beads rattled in his fingers.

Suddenly, just at midnight, the young man in the chair looked up and saw the devil come dancing through the door. "Oh, my Lord," he shouted. "It's the devil!"

The first young man jumped up out of the coffin. "You're not going to get me yet!" he hollered at the devil and went diving out a window.

When the young man in the devil suit saw what he thought was a dead man jump up out of his coffin and then dive out a window, he spun around and ran right back out the door.

Después, cuando se topó con el tercer joven, le dijo: —Tú seguramente conoces la casa abandonada en las orillas del pueblo. Si vas allá a la medianoche en punto, vas a ver un muerto en un ataúd. Verás otra ánima rezando en una silla al lado. Si eres bastante valiente como para vestirte de diablo, con la cara cubierta de carbón y cuernos de vaca amarrados a la cabeza, y bailas alrededor de los fantasmas toda la noche, me complacería pasar un rato en tu compañía.

Por supuesto que el tercero también prometió hacerlo.

Un poco antes de las once y media la muchacha fue a la casa. El cajón estaba ahí dentro, así como el carpintero había prometido. Prendió una vela en la cabecera del ataúd y luego fue a esconderse en un dormitorio de atrás para espiar.

Efectivamente, a las once y media, el primer muchacho llegó a la casa. Vio el ataúd vacío con la vela alumbrando la cabecera. La muchacha lo vio estremecerse cuando se metía en el cajón y se tapaba la cara con una tela. Luego quedó perfectamente quieto.

A los quince minutos el segundo joven llegó. Arrimó arrastrado un sillón viejo y comenzó a rezar en voz trémula. Las cuentas del rosario sonaban entre sus dedos.

Por casualidad, a la medianoche en punto, el joven sentado levantó la vista y vio al diablo entrar bailando por la puerta.

—¡Ay!, Dios mío —gritó—. ¡Es el diablo!

El primer joven brincó del cajón—. A mí no me vas a agarrar —gritó al diablo. Y salió lanzándose por una ventana.

Cuando el joven disfrazado de diablo vio al que daba por muerto saltar del ataúd y tirarse por una ventana, dio media vuelta y salió disparado de la casa.

Down the road they went, the dead man hollering at the top of his voice, "No! No!" and the devil right behind him at every step.

But the other young man didn't even get up out of his chair. He just kept praying louder than ever. The girl couldn't help but be impressed. She came out of her hiding place and said to the young man, "You really are brave. You didn't run away."

The young man turned his white face toward her. "How do you expect me to run?" he asked. "My pants are stuck on a nail!"

And just then the nail popped out of the chair. The young man fell to the floor face first and then jumped up and ran down the road after the other two.

The next day the girl told everyone in the village what had happened, and the young men were so embarrassed, they never bothered her again.

And to this day, in that village when someone has done something that seems to have taken a lot of courage and brags about it, people will say to him, "Maybe you're brave. Or maybe your pants just got caught on a nail!"

Los dos se fueron corriendo por el camino. El "muerto" gritaba a todo pulmón: —¡No. No! —y el diablo lo seguía pegadito.

Pero el tercero no se levantó de la silla. Seguía rezando, cada vez más recio. La muchacha quedó impresionada. Salió de su escondite y le dijo al muchacho: —Tú sí eres valiente. Tú no corriste.

El joven le volvió la cara pálida: —¿Cómo quieres que corra? —balbuceó—. Se me engancharon los pantalones en un clavo.

En eso, el clavo se desclavó de la silla. El muchacho cayó de bruces en el piso y luego se levantó y se puso a correr tras los otros.

Al otro día la muchacha contó el chiste a todo el mundo y a los tres jóvenes les dio tanta vergüenza que no volvieron a molestarla jamás.

Y todavía hoy, en ese pueblo, cuando alguien hace algo que parece muy atrevido y se hace el valentón, la gente le dice: —Bueno, a lo mejor eres valiente. O puede que se te engancharan los pantalones en un clavo.

How To Grow Boiled Beans
Cómo sembrar frijoles cocidos

This is a story about two friends who grew up together in the same village. When they were grown, one of them married and stayed in the village, making the best life he could by farming and doing any sort of work that was available. The other left the village to travel around and try his luck in the larger world. He ended up wandering far away. The two friends didn't see one another for many years.

And then one year at the village fiesta, the friend who had stayed at home met up with the one who had gone traveling. The old friends shook hands. "It's so good to see you," said the villager. "Come home with me. Spend the night with me and my family."

Éste es el cuento de dos amigos que se criaron juntos en el mismo pueblo. Cuando ya eran grandes, el uno se casó y se quedó en el pueblo, ganándose la vida como podía, cultivando sus campos y haciendo cualquier otro trabajito que se le presentara. El otro abandonó el pueblo para trotar por el mundo y probar suerte en el extranjero. Terminó viajando muy lejos. Los amigos no se vieron durante muchos años.

Luego, un año, en la fiesta del pueblo, el amigo poblano se encontró con el amigo viajero. Los viejos amigos se estrecharon la mano.

—Qué alegría verte—dijo el amigo poblano—. Ven a mi casa. Puedes quedarte conmigo y mi familia esta noche.

So the two friends went home to spend the evening talking about old times. In the morning the friend from far away said he had to meet a man about some business. "But I'll be back soon," he said. He dug his hand into his pocket and brought out two coins.

"Here. Take these two pesos. Go and buy a dozen eggs. Ask your wife to fry them for our breakfast. When I return we'll all eat together."

So, while the one friend went off to his meeting, the other hurried to the market to buy eggs. His wife fried them and they set the table and waited for the friend to return. When an hour had passed and the friend still hadn't appeared, the man said to his wife, "We may as well just eat these eggs ourselves. My old friend must have forgotten to come back."

"But your friend paid for the eggs," his wife said. "They're not really ours."

"I know what I'll do," said the husband. "As soon as we finish eating I'll go and buy another dozen eggs."

He did that. But they didn't cook the eggs. Instead, the man put them in the nest of one of his own hens so that she could hatch them. "I'll keep track of everything that comes from these eggs," the man said, "and if I ever see my old friend again, I'll share it with him."

The dozen eggs produced eleven young hens and one rooster. In a year's time the hens were all laying eggs of their own and hatching out more babies. The man sold all the eggs he could, and then began selling the chickens as well.

With the money he made he bought a cow, and the cow had two calves. They grew and had young of their own.

Así que los dos amigos fueron a la casa para pasar la tarde hablando de tiempos pasados. En la mañana el amigo viajero dijo que tenía que reunirse con un hombre sobre algún negocio.

—Pero vuelvo enseguida —dijo. Metió la mano en el bolsillo y sacó dos monedas—. Toma estos dos pesos. Ve y compra un docena de huevos. Pídele a tu esposa que los fría para nuestro desayuno. Cuando regrese, comemos todos juntos.

Así que mientras el uno se fue para su reunión, el otro corrió al mercado para comprar huevos. Su esposa los frió. Pusieron la mesa y aguardaron la llegada del amigo. Al final de una hora, como el amigo no había regresado, el hombre le dijo a su esposa: —Es mejor que comamos los huevos nosotros. Parece que mi amigo ha olvidado regresar.

—Pero tu amigo pagó los huevos —dijo la esposa—. Realmente, no son nuestros.

—Ya sé qué voy a hacer —dijo el marido—. Tan pronto terminemos el desayuno, voy al mercado y compro otra docena de huevos.

Así lo hizo. Pero estos huevos no los frieron, sino que el hombre los puso en el nido de una de sus gallinas para que ella los empollara.

—Llevaré la cuenta de todo lo que salga de estos huevos —el hombre dijo—y, si algún día vuelvo a ver a mi viejo amigo, lo reparto con él.

La docena de huevos produjo once gallinitas y un gallito. Al final de un año las gallinas ya estaban poniendo sus propios huevos y empollando sus propios pollitos. El hombre vendía todos los huevos que podía y luego comenzó a vender pollos también.

Con el dinero compró una vaca y la vaca tuvo dos becerritos. Estos crecieron y tuvieron sus propios críos.

He sold some of the cattle and bought sheep. Then with the money he made from selling cattle and sheep he bought land.

He became one of the wealthiest men in those parts. But he always told everyone, "Part of this belongs to my old friend. It all comes from my friend's dozen eggs. If I ever see him again, I'll divide it with him."

At the village fiesta ten years later, the friends met again. As before, they shook hands, and the man who had stayed home invited his friend to spend the night. They went to the big house where the villager now lived. It stood in the middle of fertile green fields. Beyond the fields, sheep and cattle were grazing.

"Do you remember the two coins you gave me to buy eggs that morning ten years ago?" the one friend asked the other. "All this comes from that dozen eggs." And he explained just what had happened. "And now," he told his friend, "I want to divide everything with you. Half of all this is yours!"

But the friend from far away said, "No. You're mistaken. If all this comes from the two pesos I gave you to buy eggs, it all belongs to me. I won't settle for anything less."

"But that isn't fair," said the other. "I've worked hard all these years. I've invested your dozen eggs wisely. I've managed the growth of our business carefully. I'll keep half of everything."

"I say it's all mine," said the traveler, "and if you won't give it to me of your own free will, I'll take the matter to court."

Of course the hard-working friend wasn't willing to give everything away, so the other man went looking for a lawyer. He had no trouble finding one. In fact, he found two. They both saw a lot of profit for themselves in the case.

El hombre vendió algunas vacas y compró borregos. Luego con en dinero obtenido de la venta de las vacas y borregos compró terreno.

Llegó a ser el más rico de esas partes, pero siempre decía a todos: —Una parte de todo esto es de mi viejo amigo. Proviene de su docena de huevos. Si vuelvo a verlo, voy a darle la mitad.

Diez años después, en la fiesta del pueblo, los amigos se volvieron a encontrar. Como en la otra ocasión, se dieron la mano y el que residía en el pueblo invitó al otro a pasar la noche en su casa. Fueron a la casona en que el poblano ya vivía. Estaba en medio de fértiles campos verdes. Más allá de los sembrados pastaban vacas y borregos.

—¿Te acuerdas de las dos monedas que me diste para comprar huevos aquella mañana ya hace diez años? —el uno le preguntó al otro—. Todo esto viene de esos doce huevos. —Y le refirió todo lo sucedido—. Y ahora quiero repartirlo contigo. La mitad de todo será tuya.

Pero el amigo viajero dijo: —No. Te equivocas. Si todo viene de los dos pesos que te di para comprar huevos, todo me corresponde a mí. No me conformo con nada menos.

—Eso no es justo —replicó el otro—. He trabajado duro todos estos años. Invertí tu docena de huevos prudentemente. Dirigí el desarrollo del negocio con cuidado. Me quedo con la mitad.

Yo mantengo que todo es mío —dijo el viajero—, y si no me lo quieres dar por las buenas, pongo el asunto ante un juez.

Por supuesto que el amigo trabajador no quería darle todo, y el otro fue a buscar un abogado. Le fue fácil encontrar uno. En efecto, encontró dos, pues los dos vieron gran beneficio para ellos mismos en el pleito.

As for the unhappy friend who had worked so diligently all those years, no one wanted to defend him. Every lawyer he talked to was on his friend's side. A date was set for the matter to be placed before the judge.

The day before he would have to go alone to the court, the hard-working friend sat in front of his house with his head bowed down, lost in his sorrow. An old Indian man from the neighboring pueblo came walking past.

"Amigo," the old Indian said, "why are you so sad? Has sickness come to your family?"

The man shook his head.

"Did somebody die?" the old Indian asked.

Again the man shook his head.

"Then, what is it? It can't be all that bad. You must have a good life with all this land and this big house. What can be making you so sad?"

Then the sad friend told the Indian the whole story of how he had acquired everything because of the dozen eggs his friend had never returned to eat, and how he was about to lose it all.

"I can't even find a lawyer who will present my side of the case," he told the man.

"Let me be your lawyer," the old Indian said. "I can win this case for you. How much will you pay me?"

"If you can save me from my old friend's greed," the man said, "I'll pay you a hundred acres of land and a hundred cattle to go with it."

"That's too much," the Indian said. "Just pay me a bushel of corn. I'm too old to take care of a hundred acres of land."

It was agreed. So the next morning the Indian met the landowner in front of the courthouse at nine o'clock.

En cuanto al amigo infeliz que había trabajado tanto durante todos esos años, nadie quería defenderlo. Cada abogado con quien habló estaba de parte de su amigo. Se fijó la fecha para presentar el asunto ante el juez.

El día antes de tener que ir solo a la corte, el amigo honesto estaba sentado frente a su casa con la cabeza agachada, sumido en la tristeza. Un viejo indio del pueblo cercano pasó caminando por ahí.

—Amigo —dijo el viejo—, ¿por qué se ve tan triste? Ha entrado la enfermedad en su casa?

El hombre negó con la cabeza.

—¿Se ha muerto alguien? —el viejo preguntó.

El hombre volvió a negar con la cabeza.

—Entonces, ¿qué es? No puede ser tan malo. Usted tendrá una buena vida con esta casona y estos terrenos. ¿Qué le hace tan triste?

El amigo triste contó al indio cómo había adquirido todo por medio de la docena de huevos que su amigo no había regresado a comer, y cómo estaba a punto de perderlo todo.

—Ni puedo encontrar un abogado que me represente —dijo al hombre.

—Deje que yo sea su abogado —el indio dijo—. Yo puedo ganar este pleito. ¿Cuánto me va a pagar?

—Si tú puedes librarme de la avaricia de mi viejo amigo —le dijo el hombre—, te pago cien hectáreas de terreno, junto con cien vacas.

—Eso es demasiado —el viejo indio le dijo—. Págueme nomás una fanega de maíz. Estoy muy viejo para cuidar cien hectáreas de terreno.

Quedaron en eso, y a la mañana siguiente el indio se encontró con el granjero delante de la corte a las nueve.

Under his arm the Indian had a pot of cooked beans, and every so often he would take one out and eat it.

When the proceedings began, the Indian sat beside his client eating beans and staring off into space. First one lawyer stood up and made a long speech on behalf of the wandering friend. And then the other lawyer spoke. The judge listened carefully, nodding his head as if he agreed with every point they made. The Indian didn't seem to be listening at all.

When the two lawyers had finished, the judge turned to the Indian. "What do you have to say for your client?" he asked.

The old Indian stood up and shuffled slowly to the front of the court. "Let me ask this man something, *tata juez*," he said, pointing at the friend who had moved away. "Tell me, what did you ask your friend to do with the dozen eggs that morning ten years ago?"

"We already know that," the judge said. "He asked him to fry them for breakfast."

The Indian nodded. And then he said to his client. "What did you do with those eggs your friend gave you money to buy?"

The judge was growing impatient. "We know that too. His wife fried them. Do you have anything new to say, or shall I give my decision?"

"Before you do that, *tata juez*," said the Indian, "I want to ask you something. Could you lend me an acre of land to plant some beans?"

With that the judge lost his patience. "What are you talking about?" he roared. "Finish what you have to say about this case so that I can make my decision. Don't be talking nonsense."

Bajo el brazo el indio llevaba una olla llena de frijoles cocidos y de cuando en cuando sacaba uno y se lo comía.

Cuando el proceso comenzó, el indio se quedó sentado al lado de su cliente comiendo frijoles y con la vista perdida a lo lejos. Primero uno de los abogados se levantó y dio un largo discurso a favor del amigo vagabundo. Luego el otro abogado habló. El juez escuchó atentamente, asintiendo con la cabeza como si estuviera de acuerdo con cada argumento presentado. El indio no parecía escuchar.

Cuando los abogados terminaron, el juez se volvió hacia el indio: —¿Qué tienes que decir de parte de tu cliente? —le preguntó. El viejo se levantó y caminó lentamente a la parte delantera de la cámara.

—Déjeme preguntarle algo a este hombre, tata juez —dijo, señalando al amigo que se había ido a viajar.

—Dígame, ¿qué le pidió a su amigo que hiciera con la docena de huevos aquella mañana hace diez años?

—Ya lo sabemos —dijo el juez—. Le dijo que los friera para el desayuno.

El indio asintió con la cabeza y luego le preguntó a su cliente: —Y ¿qué hizo usted con los huevos que compró con el dinero que su amigo le dio?

El juez se impacientó: —Sabemos eso también. Su esposa los frió. Tienes algo nuevo que revelar o debo emitir mi fallo?

—Antes que haga eso, tata juez —dijo el indio—, quiero preguntarle algo a usted. ¿Me puede prestar una hectárea de terreno para sembrar frijoles?

Con eso el juez perdió los estribos: —¿De qué estás hablando? —bramó—. Termina con lo que tienes que decir sobre el pleito para que pueda dar mi fallo. Deja de decir disparates.

The Indian nodded. "I understand," he said. "But I am asking you to lend me an acre of land so that I can plant some of these beans." He pointed at the beans in his pot. "With the beans in this pot, I will grow another crop."

The judge pounded his gavel and shouted. "Stop this foolishness, and stick to the point. What does an acre of land have to do with this case? We're not here to talk about planting beans. And furthermore, who ever heard of growing a crop from beans that are already cooked?"

The Indian shrugged his shoulders, "But, *tata juez*," he said, "I thought that if you could believe that my client's wealth grew from a dozen eggs that were already fried, maybe you would believe I could grow a crop from boiled beans."

The judge held his gavel in mid-air. He thought for a moment. Then he turned to the two lawyers. "Take your client and get out of my court! This honest man owes him nothing but a dozen eggs."

"Did you forget something about the eggs, *tata juez*?" the old Indian asked.

"Oh, yes," added the judge. "The eggs must be fried!"

El indio dio una cabezadita: —Entiendo —dijo—. Pero le estoy pidiendo que me preste terreno para sembrar estos frijoles. —Señaló los frijoles en la olla—. De estos frijoles voy a sacar una nueva cosecha.

El juez golpeó con el martillo y gritó: —¡Ya basta de tonterías! Apégate al asunto. ¿Qué tiene una hectárea de terreno que ver con este pleito? No estamos aquí para hablar de sembrar frijoles. Además, ¿dónde se ha visto que se saque una nueva cosecha de frijoles que ya están cocidos?

El indio se encogió de hombros: —Pero, tata juez —dijo—, creí que si usted estaba de acuerdo con que todos los bienes de mi cliente vinieron de una docena de huevos ya fritos, a lo mejor sería capaz de creer que yo podría sacar otra cosecha de frijoles ya cocidos.

El juez suspendió su martillo a medio bajar. Meditó un rato. Luego miró a los dos abogados y dijo: —Llévense a su cliente y váyanse de esta corte. Este hombre honrado no le debe más que una docena de huevos.

—¿Olvidó algo sobre los huevos, tata juez? —dijo el indio viejo.

—Oh, sí —agregó el juez—. ¡Que los huevos sean fritos!

The Coyote Under The Table
El coyote debajo de la mesa

Here is a story about an old dog and a coyote. The dog belonged to a man and woman who lived on a farm at the edge of a village and for many years he had served his owners well. He had protected their fields and their chickens from wild animals. He had kept thieves away from their house. But now his old legs were so stiff that all he did was lie in the sun beside the door and sleep.

The dog's owners were very poor. They had a hard time just making enough from their tiny farm to feed themselves. And of course it was an expense for them to feed the old dog. Now they had a new baby, which would add to their expenses. So one day, as they were leaving the house to go to the field to work, the woman said to her husband, "Why do we keep this old dog around? He does nothing but sleep all day long."

Éste es el cuento de un perro viejo y un coyote. El perro pertenecía a un hombre y una mujer que vivían en una laborcita en las afueras del pueblo y por muchos años había servido bien a sus amos. Cuidaba los sembrados y protegía las gallinas de las fieras. Vigilaba la casa para que no entraran ladrones. Pero ahora sus patas viejas se habían puesto tan adoloridas que lo único que hacía era echarse junto a la puerta y dormir.

Los dueños del perro eran muy pobres. Les era difícil sacar lo suficiente de la granjita para alimentarse. Y, por supuesto, dar de comer al perro era gasto adicional. Además, ahora tenían un nuevo bebé, lo que aumentaría sus gastos. Así que un día, cuando salían de la casa para ir a trabajar en sus campos, la mujer le dijo a su marido:
—¿Por qué nos quedamos con ese perro viejo? No hace más que dormir todo el día.

The husband said, "You're right. We can't afford to keep a dog that doesn't do any work. This Sunday I'll take him to the woods and get rid of him."

The old dog heard what they said and decided he would run away from the farm. As soon as his owners had left, he struggled to his feet and walked off into the hills. His head hung down and he sobbed softly to himself as he walked along.

Then, from under a piñon tree, someone called out to him. "Hey, dog," the voice said, "why are you walking around looking so sad?"

It was the dog's old enemy, the coyote. Over the years they'd had many bitter struggles, with the coyote trying to steal chickens from the farm and the dog determined to keep him away. But now, when the dog heard someone speak to him in a friendly voice, he couldn't hold back his tears.

"Aaauuu," he cried. "They're going to kill me!"

The coyote was puzzled. "Why are they going to do that, dog?"

"They say I'm too o-o-o-ld. They say I can't work any mo-o-o-re."

"Well," said the coyote, "I have noticed that you don't guard the chickens very well these days. That's why I don't steal from your farm anymore. It's no fun if there's no one to chase me. But we can't let them shoot you. I know what we'll do." And the coyote told the dog his plan.

The dog went trotting off toward the field where his owners were working. They had left their baby asleep under a shady bush at the edge of the field, and the dog lay down not far from where the baby slept.

El esposo dijo: —Tienes razón. No podemos mantener un perro que no trabaja. Este domingo lo llevo al monte y lo despacho.

El perro viejo oyó lo que decían y decidió fugarse de la granja. Tan pronto se fueron sus dueños se esforzó por levantarse y se fue entre las lomitas. Caminó sollozando suavemente, con la cabeza agachada.

Luego, desde debajo de un piñón alguien le habló: —Oye, perro —dijo la voz—, ¿por qué andas tan triste?

Era el viejo enemigo del perro, el coyote. A través de los años habían batallado mucho, el coyote intentando robarse gallinas y el perro empeñado en que no lo hiciera. Pero ahora, cuando el perro oyó a alguien hablarle con voz amable, no pudo aguantar las lágrimas.

—Aaaauuu —lloró—. ¡Me van a matar!

El coyote quedó sorprendido—. ¿Por qué van a hacer eso, perro?

—Dicen que soy muy viejo. Dicen que ya no puedo trabajar.

—Bueno —dijo el coyote—, he visto que ya no cuidas bien a las gallinas. Es por eso que ya no robo en tu granja. No es divertido si nadie me persigue. Pero no podemos dejar que te fusilen. Ah, ya sé qué vamos a hacer. —Y el coyote le desplegó un plan.

El perro corrió lentamente al campo donde sus dueños estaban trabajando. Habían dejado a su bebé dormido en la sombra bajo una mata al borde del campo, y el perro se acostó cerca de donde estaba la nena.

Suddenly, the coyote came running out of the brush. With his teeth, he picked up the baby by its blanket and ran off into the trees. The woman screamed and fainted. The man dropped his hoe and came running across the field. And the old dog ran barking and snarling after the coyote.

As soon as he got into the trees, the dog found the baby lying on the ground. The coyote had left her there, just as he'd said he would. The old dog took the baby's blanket in his teeth and carried her back to her father.

"Good dog!" the man said. "You saved our baby's life!" He hugged and patted the dog.

When the woman recovered her senses and heard what had happened, she said, "How could we think of destroying this dog, just because he eats a few pennies worth of scraps each day? He should eat as well as we do."

"You're right," the man replied. "From now on this dog won't eat scraps. He'll sit right up at the table and eat with us."

From that day on, they set a place at the table for the dog each evening, and he sat in a chair and ate whatever his owners ate. When neighbors passed by and saw the dog sitting at the table, they would make fun of the farmer. "Whoever heard of letting a dog sit at the supper table?" they would say.

But the man would tell them, "That dog saved our baby from a coyote that had carried her off. As long as he lives, he can eat at the table with us."

Of course the dog enjoyed his new life. And he kept trying to think of a way to repay the coyote. When the time came for his owners to baptize their baby, he saw his chance. When all the people were at the church for the baptism, he went to the hills and found the coyote. He brought the coyote home and hid him under the table.

De repente, el coyote salió corriendo del matorral. Con los dientes levantó a la bebé por la cobija en que estaba envuelta y luego desapareció entre los árboles. La mujer soltó un grito y se desmayó. El hombre tiró el azadón y atravesó el campo corriendo. El perro viejo corrió detrás del coyote, gruñendo y ladrando.

Tan pronto llegó entre los árboles, el perro encontró al bebé acostado en la tierra. El coyote lo había dejado ahí, así como dijo que iba a hacer. El perro viejo tomó la cobija de la nena en los dientes y la entregó a su papá.

—¡Buen perro! —dijo el hombre—. Salvaste la vida a nuestra hija. —Abrazó y acarició al perro.

Cuando la mujer volvió en sí y supo lo sucedido, dijo: —¿Cómo podríamos pensar en destruir a este perro, sólo porque come unos centavitos en sobras de la mesa cada día? Debiera comer lo mismo que nosotros.

—Tienes razón —dijo el hombre—. De hoy en adelante este perro no va a comer sobras. Se va a sentar a la mesa y comer igual que nosotros.

A partir de aquel día, en cada comida, ponían un plato en la mesa para el perro, que se sentaba en una silla y comía con sus amos. Cuando los vecinos pasaban por la casa y veían eso, se burlaban del granjero: —¿Cuándo se ha visto que un perro se siente a la mesa en la cena? —decían.

Pero el hombre les decía: —Este perro salvó a nuestra nena de un coyote que la había raptado. Mientras siga vivo, puede comer en la mesa con nosotros.

Por supuesto que el perro disfrutaba de su nueva manera de vivir. Y siempre pensaba en cómo recompensar al coyote. Cuando llegó el momento para bautizar a la criatura, vio su oportunidad. Cuando toda la gente estaba en la iglesia para el bautizo, el perro fue a los cerritos y encontró al coyote. Lo llevó a la casa y lo escondió debajo de la mesa.

Soon all the family and friends arrived and they sat down at the table for a big meal. The dog took his place at the table as usual, and whenever some food passed his way, he would slip it under the table to the coyote.

He slipped a whole leg of lamb under the table, and then a big bowl of posole and a stack of tortillas. And then he passed a bottle of wine to the coyote.

The coyote pulled the cork from the bottle and drained the wine in one gulp. "¡*Ay, caray*!" the coyote said. "Now I'm going to sing."

"Oh, no!" The dog hushed the coyote. He grabbed another bottle of wine and poked it under the table. The coyote gulped it down.

"¡*Ay, qué caray*!" he said. "I'm really going to sing!" And he threw his head back and let out a long howling song.

Everyone jumped up from the table in alarm. But the dog went diving under the table, growling and snapping at the coyote. The coyote ran from the house laughing to himself, with the old dog struggling along behind.

When the dog returned, everyone gathered around to hug him. "That wild coyote wasn't satisfied with just trying to steal the baby. He had come back to eat us all. And this dog saved us!"

From that day on, no matter where he went in the whole village, the dog sat in a chair and ate at the supper table with the people of the family. And so the old dog lived out the rest of his days as happy as any dog in this world.

Al rato, todos los amigos y familiares llegaron de la iglesia y se sentaron a la mesa para aprovechar una comida. El perro ocupó su lugar en la mesa, como de costumbre, y siempre que le llegaba buena comida la metía debajo de la mesa para el coyote.

Le pasó un muslo entero de carnero, y luego una olla de posole y un montón de tortillas. Y luego le dio una botella de vino al coyote.

El coyote sacó el corcho de la botella y la vació de un solo trago.

—¡Ay, caray! —dijo el coyote—. Ahora voy a cantar.

—Oh, no —el perro lo calló. Agarró otra botella de vino y se la alcanzó. El coyote la apuró.

—¡Ay, qué caray! —gritó—. Ahora sí voy a cantar. —Y echó la cabeza hacia atrás y soltó un largo aullido.

Todos brincaron de la mesa asustados. Pero el perro se lanzó debajo de la mesa gruñendo y dándole mordiscos al coyote. El coyote salió corriendo de la casa muerto de risa, con el perro cojeando tras él.

Cuando el perro volvió a la casa, todo el mundo lo rodeó para abrazarlo.

—Ese coyote loco no se conformó con robar a la nena. Regresó para comernos a todos. ¡Y este perro nos salvó!

Desde aquel día, no importaba por qué parte del pueblo anduviera, al perro lo invitaban a sentarse en una silla y comer en la mesa como otro miembro de la familia. Y ese perro viejo terminó el resto de sus días como el perro más contento del mundo.

The Tale of the Spotted Cat
El cuento del gato pinto

Once there were three grown brothers who lived with their father in the same house, which was really just one big room. Their mother had died many years earlier.

When the father died, the brothers took his will to have it read and find out what he had left them. They learned that their father had divided the house among them. He did it in the old, traditional way: He left a certain number of *vigas*—roof beams—to each one.

Una vez había tres hermanos ya mayores que vivían juntos con su padre en la misma casa, que en realidad no era más que una sala grande. La madre había muerto hacía años.

Cuando el padre murió, los hermanos llevaron su testamento para que se lo leyeran, para ver lo que les heredaba. Resultó que su padre había dividido la casa entre los tres. Lo hizo de manera tradicional: Dejó cierto número de vigas del techo a cado uno.

The oldest son was willed six *vigas*, which meant that however much of the house was under that many beams would belong to him. So he returned home and starting at one wall of the house counted *vigas—una, dos, tres, cuatro, cinco, seis.* When he got to the sixth beam he built a wall and made a spacious room for himself.

The second son received four *vigas* from his father. He used the wall his older brother had built and then counted—*una, dos, tres, cuatro*—and built a wall. His room was smaller than his brother's, but still quite comfortable.

The youngest son, whose name was Juan, received just the last two *vigas* at the end of the house. That wouldn't make much of a room for him. But Juan was a cheerful young man and he didn't complain. He just shrugged his shoulders and said, "Oh, well. At least I don't have to build a wall to turn my end of the house into a room. My brother's wall will be on one side, and the outside wall of the house will be on the other."

Juan began living in the narrow room under just two ceiling beams at the end of the house. But his older brothers were very spiteful, and they envied even the two beams their younger brother had received. One of them said to the other, "Our father's will said that two *vigas* should go to our foolish little brother Juan, but it didn't say anything about the *latillas* that are laid across the beams to make a roof. Let's take them and use them for firewood."

And they did that. Now Juan had two beams over his head, with nothing but the sky for a roof. On cold nights he would build a fire on the dirt floor in the middle of his room to keep warm.

El hijo mayor heredó seis vigas, lo que quería decir que la parte de la casa bajo ese número de vigas sería suyo. Así que regresó a la casa y comenzando en una pared contó vigas—una, dos, tres, cuatro, cinco, seis. Cuando llegó a la sexta viga construyó una pared que formó un cuarto bastante grande para él.

El segundo hijo recibió cuatro vigas de su padre. Aprovechó la pared de su hermano mayor para un límite de su cuarto y luego contó—una, dos, tres, cuatro—y levantó otra pared. Si bien su cuarto no era tan grande como el de su hermano, todavía era cómodo.

El hijo menor, que se llamaba Juan, sólo recibió las últimas dos vigas al final de la casa. Eso le daría un cuarto chiquito. Pero Juan era un joven contento y no se quejó. Se encogió de hombros y dijo: —Bueno, por lo menos, yo no tengo que construir una pared. La de mi hermano será un extremo de mi cuarto, y la pared exterior de la casa será el otro.

Juan comenzó a vivir en el cuarto estrecho bajo las dos vigas al final de la casa. Pero sus hermanos mayores eran muy envidiosos y codiciaban las dos vigas que su hermanito había heredado. El uno le dijo al otro: —El testamento de nuestro padre decía que dos vigas le corresponden a nuestro hermanito sonso Juan, pero no decía nada acerca de las latillas puestas a través de las vigas para hacer un techo. Quitémoslas y usémoslas como leña.

Lo hicieron. Ahora Juan tenía dos vigas sobre la cabeza, pero nada más que el cielo como techo. En las noches frías prendía lumbre en el piso de tierra en medio del cuarto para calentarse.

When he went to bed, he would spread the warm ashes on the floor and sleep on top of them. He was always covered with ashes, and his brothers started calling him Juan Cenizas.

One night a stray cat jumped over the wall of Juan's room and moved in with him. It was a white cat with black and brown spots, and Juan named it Gato Pinto. Juan was happy to have the company and shared bits of his tortillas with Gato Pinto. At night he always spread a little extra patch of ashes for the cat to sleep on. During the day, everywhere Juan went, the cat went with him. Everyone who knew Juan knew Gato Pinto.

Then one evening Gato Pinto began digging in one corner of Juan's room. The constant scratching annoyed Juan, so he picked up the cat and carried it back to the middle of the room. But Gato Pinto returned to the corner and continued to dig. Again Juan carried the cat away, but it returned to the corner. Juan was growing angry and was about to throw the cat outside, but then he noticed that Gato Pinto had dug up a little wooden box. He opened the box and found a paper inside.

The next day Juan went to an old friend of his father's to get help reading the paper. "This paper was written by your father," the friend told him. "It says there is another box buried below the one your cat dug up."

"Does it say what's in the box?" Juan asked.

"Oh, yes. The box is full of money. Your father wanted the money to be for you alone."

Juan hurried home and dug deeper in the corner. He found another wooden box, and when he opened it, he saw more money than he had ever seen in his life. The friend had to help him count it.

Cuando se acostaba a dormir, esparcía las cenizas calurosas en el suelo y dormía sobre ellas. Siempre andaba cubierto de cenizas, y sus hermanos se daban a llamarle "Juan Cenizas".

Una noche un gato extraviado brincó la pared del cuarto de Juan y comenzó a vivir con él. Era un gato blanco con manchas negras y cafés, y Juan le puso Gato Pinto. Juan estaba contento de tener la compañía del gato y compartía sus tortillas con él. Cada noche, Juan hacía un lecho adicional de cenizas para que el gato durmiera ahí. De día, dondequiera que anduviera Juan, el gato lo acompañaba. Todos que conocían a Juan conocían al Gato Pinto.

Luego, una tarde Gato Pinto comenzó a escarbar en un rincón del cuarto. Esa rascadura constante molestaba a Juan, así que fue y levantó al gato y lo llevó junto a la lumbre. Pero Gato Pinto regresó al rincón y siguió escarbando. Otra vez, Juan llevó al gato al centro del cuarto. Pero Gato Pinto volvió al rincón. Juan empezó a enfadarse y esta vez pensaba echar el gato afuera, pero luego vio que Gato Pinto había descubierto una cajita de madera. Juan abrió la caja y dentro encontró un papel.

Al día siguiente Juan fue a la casa de un viejo amigo de su padre para que lo ayudara a leer el papel. El amigo le dijo: —Este documento fue escrito por tu padre. Dice que hay otra caja debajo de la que tu gato desenterró.

—¿Y dice qué está dentro de la caja? —Juan preguntó.

—Sí, lo dice. La caja está llena de dinero. Tu padre quería que el dinero fuera exclusivamente para ti.

Juan corrió a casa y cavó más hondo en el rincón. Encontró otra caja de madera y cuando la abrió, vio más dinero del que jamás había visto en toda su vida. El amigo tuvo que ayudarlo a contarlo.

When they had counted the money and put it in a sack, the friend told him, "Juan, you'd better leave this place. If you stay here and your brothers find out you have all this money, they might harm you to take it away from you."

"Oh, no," said Juan. "I don't think my brothers will do that." He was going to return home, but Gato Pinto picked up the sack full of money in his teeth and ran away. Juan ran after him, but couldn't catch up. All day long he followed the cat. When night overtook him, Juan built a fire and camped under a big tree. He could see Gato Pinto creeping around the edge of the circle of light made by his fire, but the cat wouldn't come close to him.

Juan was awakened in the morning by a rooster crowing and saw that he was near a town. Gato Pinto ran to the edge of the town with the sack of money, and then dropped it. Juan thought, *Maybe my old friend was right. Maybe I should live in this town.*

Juan bought a house in the new town and settled down. His brothers never knew what had happened to him, but they really didn't care. Several years passed. And then the brothers began to hear about a rich man named Juan who lived in the neighboring village. People said this Juan was very kindhearted and good to all the poor people of the village. And they said the rich man had a spotted cat that was always with him. "Everywhere Juan goes," the people said, "the cat goes with him. Everyone knows Gato Pinto."

The brothers asked one another, "Could it be Juan Cenizas? But how could he become rich—unless he stole money that was rightfully ours!"

Cuando lo habían contado y puesto en una bolsita, el amigo le dijo: —Juan, es mejor que te vayas de este lugar. Si te quedas aquí y tus hermanos se enteran de que tienes este dinero, pueden lastimarte para quitártelo.

—Oh, no —dijo Juan—. No creo que mis hermanos hagan eso.

Se disponía a volver a casa, pero Gato Pinto tomó la bolsita de dinero con los dientes y salió corriendo. Juan lo siguió, pero no pudo alcanzarlo. Rastreó al gato todo el día. Cuando le sobrevino la noche, Juan prendió una fogata y acampó bajo un árbol grande. Vio como Gato Pinto caminaba lentamente al borde del círculo de luz hecho por la fogata, pero el gato no se acercaba.

En la mañana el canto de un gallo despertó a Juan y vio que estaba cerca de un pueblo. Gato Pinto corrió hasta el límite del pueblo con la bolsa de dinero, y luego la dejó caer al suelo. Juan pensó "Puede que mi amigo tenga razón. Quizás deba vivir en este pueblo".

Juan compró una casa en el pueblo y se instaló en ella. Sus hermanos no sabían qué había sido de él, pero les importaba un comino. Pasaron varios años. Y luego los hermanos empezaron a oír hablar de un hombre rico llamado Juan que vivía en el pueblo cercano. Todos decían que este Juan era muy bueno y bondadoso con los pobres del pueblo. Y decían que el rico tenía un gato con manchas que siempre lo acompañaba. "Dondequiera que vaya Juan, ahí va el gato," decían. "Todo el mundo conoce a Gato Pinto."

Los hermanos se preguntaron "¿Será Juan Cenizas? Pero ¿cómo pudo volverse rico, a menos que se robara dinero que debiera ser nuestro?"

The brothers decided to find out about this rich man named Juan. They knew of a girl in the market who sold parrots. The brothers visited her and asked, "Do you have a parrot that can ask questions and remember the answers?"

"That one," the girl said, pointing at a big green parrot. "That one can talk like a judge, and it can remember everything it hears."

The brothers paid the girl to offer her parrot for sale in the neighboring village. They told her, "Don't sell it to anyone except the rich man named Juan."

The girl did as she was told, and one day as Juan was walking home from church he saw the girl with her parrot. She looked so poor, and the parrot was so pretty, that Juan bought the bird from her.

That evening, the parrot struck up a conversation with Juan. "Juan," the bird squawked, "don't you have a family?"

Juan answered honestly, "I have two brothers, but I had to leave them because I was afraid they might harm me to get my money."

"Money?" rasped the parrot. "Where did you get money?"

Juan told the parrot the whole story about his father's will and the cat's discovery in the corner. Of course, Gato Pinto was listening. Later, after Juan had gone to sleep, the cat climbed up to the parrot's perch. He grabbed the bird by the throat and gave it such a shaking its brains were rattled and everything it had heard was switched around in its head.

In the middle of the night, when the girl came to question the parrot and find out what it had learned, the bird said, "Aawk! Juan has two fathers. His brother scratched a paper in the corner and found a box full of *vigas*. Aawk!"

Los hermanos decidieron investigar sobre este rico Juan. Conocían a una muchacha del pueblo que vendía loros. La visitaron y le preguntaron: —¿Tienes un loro que pueda hacer preguntas y recordar las respuestas?

—Ése —dijo la muchacha, señalando un gran loro verde—. Ese loro puede hablar como un juez, y recuerda todo lo que oye.

Los hermanos le pagaron para que ofreciera su loro en venta en el pueblo vecino. Le dijeron: —No lo vendas a nadie más que al rico llamado Juan.

La muchacha hizo lo mandado, y un día, cuando Juan regresaba de la iglesia, vio a la muchacha con el loro. Ella se veía tan pobre, y el loro era tan bonito, que Juan se lo compró.

Esa tarde, el loro inició una plática con Juan: —Juan —el ave graznó—, ¿usted no tiene familia?

Juan contestó abiertamente: —Tengo dos hermanos, pero tuve que dejarlos porque temía que me hicieran mal para quitarme el dinero.

—¿Dinero? —gritó el loro—. ¿Dónde consiguió dinero?

Juan le contó al loro todo lo del testamento del padre y del gato escarbando en el rincón. Por supuesto, Gato Pinto estaba pendiente de la conversación. Más tarde, cuando Juan se fue a dormir, el gato subió a la varilla donde posaba el loro. Lo agarró por el cuello y le dio una soberana sacudida que le desbarató los sesos y todo le quedó revuelto en la mente.

A la mitad de la noche, cuando la muchacha vino para interrogar al loro, el ave dijo: —¡Aaakkk! Juan tiene dos padres. Su hermano rascó un papel en el rincón y encontró una caja de vigas. ¡Aaakkk!

By the next evening the parrot's brains had settled back into place and it struck up the same conversation with Juan. Juan wasn't surprised because he knew parrots will often say the same thing over and over. He told the bird the whole story a second time, and enjoyed talking to the parrot so much, he took the bird into his room with him when he went to sleep. He perched the parrot on the window sill right beside his bed.

Gato Pinto scratched and scratched at the door, but Juan wouldn't let him in. Finally Juan grew so impatient he threw the cat outside. Then, as soon as Juan fell asleep, the parrot flew out the window and back to the girl. He told her all about Juan, and she hurried to tell his brothers. The brothers decided they would set Juan's house on fire that very night while he slept. Since they were his only relatives, they would inherit his money.

But in the meantime, Gato Pinto had run to the village church. He jumped up and sank his claws into the bell rope and began swinging back and forth until he made the bell ring. It woke up the priest. He came running to find out what was going on.

Of course the priest recognized the cat. Everyone knew Gato Pinto. The priest said to himself, "Maybe something has happened to Juan." He ran out of the church and off toward Juan's house. Gato Pinto kept ringing the bell, and soon half the village was awake and running along behind the priest.

The people arrived just in time to see Juan's house beginning to burn and two men running away. They put out the fire and caught the two men. And then they woke up Juan.

Para la tarde siguiente el cerebro del loro se había restablecido y el ave comenzó la misma conversación con Juan. Juan no se sorprendió porque sabía que los loros suelen decir lo mismo una y otra vez. Repitió todo el relato, y le gustó tanto hablar con el ave que lo llevó al dormitorio cuando se fue a dormir. Puso al loro en el marco de la ventana, junto a su cama.

Gato Pinto rasguñó fuerte contra la puerta, pero Juan no lo dejaba entrar. Al fin, Juan se impacientó con el gato y lo echó afuera. Luego, tan pronto se durmió Juan, el loro salió por la ventana y voló donde la muchacha. Le contó toda la historia de Juan, y ella se apresuró a repetírselo a sus hermanos. Los hermanos decidieron prender fuego a la casa de Juan esa misma noche mientras él dormía. Como parientes únicos heredarían todo su dinero.

Pero mientras tanto Gato Pinto había corrido a la iglesia del pueblo. Saltó y hundió las uñas en la cuerda de la campana y comenzó a columpiarse de un lado para el otro hasta hacer repicar la campana. Eso despertó al padre, que vino corriendo para ver qué pasaba.

Por supuesto que el padre reconoció al gato. Todos conocían al Gato Pinto. Se dijo: —A lo mejor le ha pasado algo a Juan. —Salió de la iglesia y se dirigió corriendo a la casa de Juan. Gato Pinto siguió haciendo doblar la campana, hasta que la mitad del pueblo estaba despierto y corriendo detrás del cura.

Llegaron para ver que la casa de Juan empezaba a arder y que dos hombres huían corriendo. Apagaron el incendio y detuvieron a los dos hombres. Y luego despertaron a Juan.

Juan recognized his two brothers, but he told the people, "Let them go. I don't think they'll bother me anymore." And he was right. His brothers were so ashamed of themselves, they never showed their faces in that village again.

But here is the strangest thing: Gato Pinto was never seen around the village again either. No one knew what became of him. Some people said, "That spotted cat was really an angel. It was sent by Juan's father to look after and protect him." And that's what almost everyone in the village began to believe.

As for Juan, he didn't know what to think. But as the years went by, even though he took in many other stray cats and loved them all, he never found another like his great Gato Pinto.

Juan reconoció a sus dos hermanos, pero le dijo a la gente: —Déjenlos ir. No creo que vuelvan a molestarme. —Y tenía razón. Sus hermanos sintieron tanta vergüenza que nunca más volvieron a ese pueblo.

Pero lo más extraño es esto: Gato Pinto tampoco volvió a verse en el pueblo. Nadie sabía qué había sido de él. Algunos decían, "Ese gato de manchas era en realidad un ángel. Fue enviado por el padre de Juan para que lo ayudara y lo protegiera." Eso es lo que casi toda la gente llegó a creer.

Por su parte, Juan no sabía qué pensar. Lo cierto es que a través de los años Juan adoptaba muchos gatos extraviados, y los quería a todos, pero no encontró otro como el gran Gato Pinto.

The Little Snake
La serpientita

Here is a story about a man who had just one daughter. She was all the family he had in the world. The man worked as a woodcutter, and he and his daughter lived very simply.

One day the girl asked her father to bring home a head of cabbage for her to cook for their supper. Although the woodcutter was very poor, he always tried to please his daughter, so when he returned home that evening, he brought with him a big head of cabbage.

Éste era un hombre que tenía una sola hija y la muchacha era la única familia que tenía en este mundo. El hombre era leñador y con su hija llevaba una vida muy humilde.

Un día la muchacha pidió a su padre que le trajera un col para que lo cocinara para la cena. Aunque el leñador era muy pobre siempre quería complacer a su hija, así que cuando regresó a casa esa tarde, le llevó un repollo grande.

"This big head of cabbage is more than we can eat at one meal," the woodcutter told his daughter. "Cut it in half, and we can get two suppers from it."

The girl took the head of cabbage into the kitchen and with a knife cut it in two. And in the very heart of the cabbage she found a little snake. It was shiny and black, with a round head, and it was no bigger than a worm. The girl covered the snake with a cabbage leaf, and then called for her father to bring her a jar to keep it in.

But her father told her, "That animal will hurt you some day. You'd better kill it right now."

"Papá!" the girl exclaimed. "How could I kill this snake? It's going to be my best friend."

So her father brought her a jar. She fed the snake each day and held it in her hand and talked to it. The snake grew so fast that in a week's time she had to ask her father for a larger jar.

Again her father warned her, "That animal will hurt you some day. You'd better kill it right now."

And again she answered, "How could I kill this snake? It's going to be my best friend."

Her father brought her a larger jar and she put her snake in it. She continued to feed and care for her snake and every week she asked her father for a bigger and bigger container. Finally she asked her father for a barrel for her snake.

For the final time her father told her, "That animal will hurt you some day. You'd better kill it right now."

"How could I kill this snake? It's my best friend," the girl said.

—Este repollo es demasiado para una sola comida —el leñador le dijo a su hija—. Pártelo en dos y nos alcanzará para dos cenas.

La muchacha llevó el col a la cocina y con un cuchillo lo cortó en dos. En el mero corazón del repollo encontró una serpientita. Era negra y lustrosa, tan chiquita como un gusano, con una cabecita redonda. La muchacha cubrió la serpiente con una hoja de repollo y luego le pidió a su padre que le trajera un tarro en que guardarla.

Pero el padre le dijo: —Ese animal te va a lastimar un día de estos. Vale más que lo mates.

—¡Papá! —exclamó—. ¿Cómo lo he de matar? Va a ser mi mejor amigo.

Y su padre le trajo un tarro. La muchacha alimentaba a la serpiente todos los días y la tomaba en la mano y le hablaba. La serpiente creció tan rápido que al final de una semana la muchacha tuvo que pedirle a su papá un envase más grande.

Otra vez su padre le advirtió: —Ese animal te va a lastimar un día de estos. Vale más que lo mates.

¡Papá! —respondió—. ¿Cómo lo he de matar? Va a ser mi mejor amigo.

Su padre le trajo un tarro más grande y ella puso la serpiente dentro. Siguió alimentando y cuidando a su serpiente y cada semana tenía que pedirle a su padre un recipiente más grande para guardarla. Al fin, tuvo que pedirle un barril a su padre.

Por última vez, su padre le dijo: —Ese animal te va a lastimar un día de estos. Vale más que lo mates.

¿Cómo lo he de matar? —dijo la muchacha—. Es mi mejor amigo.

The woodcutter brought his daughter a great round barrel to keep her snake in. Each day she would take her snake out of the barrel and spend hours talking to it. It told her many wonderful things. It told her that whenever she cried, she made rain fall from the sky. Whenever she laughed, she made pale flowers grow—blue and pink and white flowers. And when she sang, bright flowers grew—red and orange and yellow flowers. The girl's happiest hours were the ones she spent talking to the snake.

But the snake continued to grow, and one day when she returned it to the barrel, the girl saw that it was too big for even such a large container. That night the snake told the girl that it would have to leave her. She wanted to go too, but the snake said it wasn't possible. She begged and pleaded, and finally the snake said, "This is the best I can do for you. Follow my track in the morning. When you arrive at the end of the trail, make a wish for what you need most. You will receive it."

In the morning, the girl ran to the barrel and saw that the snake was gone. From her window she could see its trail leading away from the house, and she followed the trail. It led her far away, to lands she had never even heard of before. And then it led her into a dry, empty desert. The trail began to grow more and more faint. In the middle of a barren plain, the snake trail disappeared.

The girl looked all around her and saw nothing but the most desolate country she could imagine. Not a green tree or bush grew in that land. The girl thought of her father's comfortable little house with shady trees all around it. She sat on the ground and covered her face with her hands and began to cry.

El leñador le trajo un barril grande a su hija. Cada día sacaba a su serpiente del barril y pasaba horas conversando con ella. La serpiente le decía cosas maravillosas. Le dijo que cada vez que lloraba, caía lluvia del cielo. Y cada vez que reía, brotaban flores de colores suaves— flores azules y rosadas y blancas. Cada vez que cantaba, hacía brotar flores de colores vivos—flores rojas y amarillas y anaranjadas. Las horas más alegres del día eran las que pasaba platicando con la serpiente.

Pero la serpiente siguió creciendo y un día, cuando la devolvió al barril, la muchacha vio que ya no cabía ni en ese gran recipiente. Esa noche la serpiente le dijo a la muchacha que se tenía que ir y dejarla. La muchacha quería irse con ella, pero la serpiente le dijo que no era posible. Ella le rogó y suplicó hasta que la serpiente le dijo: —Esto es lo mejor que te puedo conceder: Rastréame en la mañana. Cuando llegues a donde desaparezcan mis huellas, pide una merced. Te será concedida.

En la mañana, la muchacha corrió al barril y la serpiente ya no estaba. Desde la ventana vio alejarse de la casa el rastro que había dejado la serpiente. Se puso a seguirlo. La llevó muy, muy lejos, hasta tierras de las que ella ni siquiera había oído hablar. Y luego la llevó a un desierto árido y desolado. El rastro se volvía cada vez más borroso. En medio de un llano reseco, desapareció

La muchacha miró en torno suyo y vio el paisaje más desolado que pudiera imaginar. Ni un árbol ni una mata verde crecía en esa tierra. Pensó en la casita cómoda de su padre entre la sombra de los árboles. Se sentó en la tierra, se tapó la cara con las manos y comenzó a llorar.

From the clear blue sky above her a gentle rain began to fall. It was just as the snake had told her! The thought made her laugh. Pale flowers grew up all around her—blue and pink and white flowers. A song sprang from her lips, and bright flowers—red and yellow and orange—sprang up.

"I wish I had a good house to live in, right here on this spot," the girl said aloud. And the wish was granted. When she looked over her shoulder, a snug little house stood behind her. The girl began living in the house. Whenever she felt happy and sang or laughed, flowers grew around the house. When she missed her father and cried, rain fell to feed the flowers. Soon the house sat in the center of a beautiful garden with flowers and fruit trees of all sorts.

But the garden was in the middle of a country that was dry and dying. No one could grow anything. No one could find grass for their animals to eat, nor water for them to drink. Not even the king himself could coax a green sprout from the fields that surrounded his palace.

Now, the king owned a flock of sheep. They had once been fat, healthy animals, but they had grown so thin and weak that the king feared they would all die. One day he told his shepherd, "Take my sheep and drive them to the far mountains. There is nothing for them to eat here, and in the mountains some grass may still be growing."

So the shepherd drove the sheep away from the king's lands. He hadn't traveled a third of the way to the mountains when he saw a little house standing in the middle of a rich garden.

Del cielo despejado una lluvia suave comenzó a caer, ¡justo como la serpiente le había dicho! Esa idea la hizo reír. Flores de colores suaves brotaron alrededor de ella—flores azules y rosadas y blancas. Una canción se le escapó de la boca y brotaron flores de colores fuertes—rojo y amarillo y anaranjado.

—Quisiera tener una buena casa, aquí en este mismo lugar —dijo la muchacha en voz alta. Y le fue concedido. Cuando miró por encima del hombro vio una casita acogedora allá atrás. Comenzó a vivir en la casa. Siempre que estaba feliz y cantaba o reía, crecían flores alrededor de la casa. Cuando extrañaba a su padre y lloraba, la lluvia caía para alimentar las flores. Con el tiempo, la casa estuvo rodeada de un hermoso jardín de flores y toda clase de árboles frutales

Pero el jardín estaba en medio de un país reseco y muerto. Nadie lograba cultivar nada en ese país. No había pasto para alimentar el ganado, ni agua para darle de beber. Ni siquiera el rey de esa tierra era capaz de hacer brotar un retoño verde de los campos alrededor de su palacio.

Bueno, este rey tenía un rebaño de ovejas. En algún momento habían estado gordas y fuertes, pero se habían puesto tan flacas y débiles que el rey temía que murieran. Un día le dijo a su pastor: —Lleva mis ovejas a las montañas lejanas. Aquí no hay nada para que coman y puede que en las montañas todavía haya pasto.

El pastor salió con las ovejas de los terrenos del rey. No había recorrido ni la tercera parte del camino a las montañas cuando vio una linda casita en medio de un frondoso jardín.

No matter how hard he tried, he couldn't keep the sheep from running to the garden and eating. He was afraid the owner of the garden would be angry, but the girl who lived in the house just smiled to see the sheep eating so greedily. At the end of the day, she even gave the shepherd a basket of fruit to take home with him.

When the shepherd returned to the king's palace that evening, the king was amazed to see how fat and contented his sheep looked. He was even more amazed to see the basket of fruit.

"Where does this fruit come from?" he asked the shepherd. "And where did you find green food for my sheep to eat?"

The shepherd told the king about the house in the middle of a garden of fruit and flowers, and about the gentle girl who lived in it. "I must meet this girl," the king said. "Go tomorrow and invite her to have dinner with me."

The next day the shepherd returned to the garden and invited the girl to dine with the king. But the girl replied, "If the king would like me to visit him, let him come himself and invite me."

The following day the king himself rode to the girl's house and invited her to join him for dinner. She traveled back with him to the palace, and that evening as they ate, the king asked her to tell him the story of her life. As the story unfolded, a look of wonder came over the king's face.

Finally he jumped up from the table and said, "Wait! I must show you something." The king ran from the room, and when he returned he brought with him a shiny black snake skin. He explained to her that many years before, when he was hunting in the mountains, he strayed into the garden of an evil magician. He had tasted a leaf from a head of cabbage in the garden and fallen under a spell.

Por más que se esforzaba para evitar que las ovejas corrieran al jardín y comieran, no lo pudo conseguir. Temía que el dueño del jardín se enojara, pero la muchacha que vivía en la casa salió y sonrió al ver a las ovejas comer con tanto gusto. Al final del día, hasta le dio al pastor un cesto de fruta para llevar a su casa.

Cuando el pastor regresó al palacio esa tarde, el rey quedó admirado al ver lo gordas y contentas que se veían sus ovejas. Y se admiró aún más al ver el cesto de fruta.

—¿De dónde viene esta fruta? —le preguntó al pastor—. ¿Y dónde encontraste pasto verde para mis ovejas?

El pastor le contó al rey de la casa en medio del jardín de flores y frutas, y de la muchacha que vivía en ella. El rey dijo: —Tengo que conocer a esta muchacha. Ve ahí mañana e invítala a cenar conmigo.

Al otro día el pastor volvió al jardín y convidó a la muchacha a cenar con el rey. Pero ella dijo: —Si el rey quiere que yo cene con él, que venga en persona para invitarme.

Al día siguiente el rey cabalgó a la casa de la muchacha y la invitó a cenar. La muchacha fue con él al palacio, y esa tarde, mientras cenaban, el rey pidió a la muchacha que le contara la historia de su vida. A medida que le desenvolvía la historia, la cara del rey se llenaba con una expresión de asombro.

Al fin se puso en pie y dijo: —Espera. Tengo que enseñarte algo. —El rey salió corriendo del comedor y al volver traía consigo una lustrosa piel negra de serpiente. Le explicó que hacía muchos años, cuando cazaba en las montañas, había entrado inadvertidamente al jardín de un mago malo. Se había comido una hoja de col y quedó preso de un hechizo.

"I don't remember anything that happened for what may have been years," the king said. "I have just the faint memory that a good person looked after me very kindly. And then one morning I woke up in the desert, not far from your little house, with this empty snake skin beside me."

"Then you are my best friend!" the girl cried. And it was true. And not long after that he became her husband as well. They left the palace and its barren fields and moved into her house in the middle of the fertile green garden.

But the girl always wondered what had become of her father, so they journeyed back to her old home. They found the woodcutter looking very old and very sad from long years of wondering why his beloved daughter had disappeared. When he saw her, he was finally able to die in peace.

The girl returned with her husband to live among the flowers and trees of her garden. Whenever they sang or laughed together, the garden grew bigger. And whenever the thought of her father brought a tear to the girl's eye, rain fell to make the garden grow greener and greener.

—No recuerdo nada de lo que me sucedió durante varios años —dijo el rey—. Sólo me queda la memoria borrosa de que alguien muy bueno me cuidaba con cariño. Y luego desperté una mañana en el desierto, no lejos de donde se encuentra tu casita, y esta piel vacía de serpiente estaba a mi lado.

La muchacha gritó con regocijo: —¡Así que tú eres mi mejor amigo! —Y era cierto. Al poco tiempo era su marido también. Dejaron su palacio con los campos muertos alrededor y se mudaron a su casita en medio del fértil jardín verde.

Pero la muchacha siempre quería saber qué había sido de su padre. Así que viajaron a su viejo hogar. Encontraron al leñador viejísimo y muy triste, por los largos años de pensar en el porqué de la súbita desaparición de su hija. Cuando la vio, por fin el viejo pudo morir contento.

La muchacha regresó con su marido a vivir entre las flores y árboles de su jardín. Cuando cantaban o reían juntos, el jardín se hacía más grande. Y siempre que ella pensaba en su padre y derramaba una lágrima, la lluvia caía para volver el jardín aún más verde.

The Magic Ring
El anillo de virtud

This story is about the richest and most powerful king in the world. Because he was so rich and powerful, he didn't have enough worries on his mind and was always coming up with ridiculous ideas.

This rich and powerful king had no children, and one day the queen said to him, "Husband, even though you are the richest and most powerful man in the world, you won't live forever. Who will be king after you are gone?"

Este cuento se trata del rey más rico y poderoso del mundo. Como era tan rico y tan poderoso, no tenía muchos problemas que lo preocuparan y siempre salía con ideas descabelladas.

Este rey rico y poderoso no tenía hijos, y un día la reina le dijo:
—A pesar de ser el hombre más rico y poderoso del mundo, no vas a vivir para siempre. ¿Quién será rey cuando tú ya no vivas?

The king decided that he would think of a way to find a proper successor to the throne. “I know what I’ll do!” he said to his wife. “I’ll issue a proclamation. I’ll say I want to find the strongest man in the land. I’ll have a contest. Any man can come and compete. And the one who proves himself to be strongest will be the next king.”

“But what if the people don’t like the strongest man in the land?” the queen asked. “Or what if he turns out to be foolish or cruel?”

But the king just waved his hand and said, “The king has spoken!” And so the word was sent throughout the country, and strong men from all over came to the palace to try their strength and demonstrate their skill.

In a faraway corner of the country, a young shepherd heard about the king’s proclamation. The boy wasn’t even the strongest man in his own village, but he said to himself, “What if I should turn out to be the strongest man in the land? What if I should become the next king? What a life I could have then!”

He began thinking about it all day long as he watched over the sheep, and he dreamed about it at night as he slept next to his flock. Finally he told his mother what was on his mind. She said, “Don’t be silly. Why would you want to waste your time with the king and his contests? If he had any sense, he wouldn’t be holding such a contest in the first place.”

But the boy kept insisting that he would like to try his luck, and finally his mother gave him her blessing. “But before you leave for the king’s palace,” she told him, “go and visit our neighbor. You know she’s a sorceress. Maybe she can help you in some way.”

El rey decidió pensar en una buena manera de escoger al sucesor al trono.

—Ya sé qué voy a hacer —le dijo a su esposa—. Echo un bando. Diré que quiero encontrar al hombre más fuerte del país. Tendremos un concurso. Cualquier hombre podrá venir y competir. El que demuestre ser el más fuerte será el próximo rey.

—Pero, ¿si el más fuerte no agrada a la gente? —preguntó la reina—. ¿O si resulta cruel o de poca inteligencia?

Pero el rey agitó la mano y dijo: —¡El rey ha hablado! —Y el bando se difundió por todo el país. Hombres fuertes comenzaron a llegar de todas partes para poner a prueba sus músculos y hacer lucir sus habilidades.

En una zona remota del país un joven pastor oyó del pregón del rey. El muchacho ni era el más fuerte de su propio pueblito, pero se dijo: —Si yo resultara el más fuerte del reino y si fuera el próximo rey, ¡qué vida llevaría entonces!

Empezó a pensar en eso todo el día mientras cuidaba las ovejas, y soñaba con lo mismo cuando dormía junto al rebaño. Al fin, reveló a su madre lo que estaba pensando. Ella le dijo: —No seas tonto. ¿Por qué querrías perder tiempo con el rey y su concurso? Si tuviera el mínimo de juicio no tendría tal competencia.

Pero el muchacho insistía que quería probar suerte y al fin su madre le dio su bendición.

—Pero antes de que partas para el palacio del rey —le dijo—, ve a ver a nuestra vecina. Ya sabes que es hechicera. A lo mejor te puede ayudar de alguna manera.

So before he left for the palace, the shepherd visited their neighbor. "I'm going to the king's palace to see if I can prove to be the strongest man in the land," he told her. "Do you have anything that can help me?"

The old sorceress opened a trunk and dug down to the bottom. She pulled out a little gold ring and told him to wear it on his right hand. She said that every time he blessed himself with the sign of the cross, his strength would double. If he made the sign of the cross backwards, his strength would be cut in half.

The shepherd boy thanked his neighbor and hurried off toward the king's palace. As he walked along, he saw a wagon load of hay sitting outside a house by the side of the road. He thought he would find out if the sorceress had told him the truth.

He walked over to the wagon and tried to lift a wheel off the ground. It didn't budge. He put the ring on his right hand and then blessed himself. "*En el nombre del padre y del hijo y del espíritu santo*." Now he should be twice as strong. When he tried to lift the wheel it moved slightly from the ground.

The shepherd blessed himself again. Since he was already twice as strong as usual, he should now be four times as strong. He lifted the wheel clear to his waist. Again he blessed himself. He should have eight times his normal strength! The wagon tipped over when he lifted it with one hand, and hay scattered all over the ground!

The young man hurried to set the wagon upright and reload the hay before the owner noticed what he had done. He made the sign of the cross backwards to reduce his strength before it got him into trouble. He took off the ring and put it in his pocket, and then went on his way.

Así que antes de irse para el palacio, el pastor visitó a la vecina. —Voy al palacio del rey para ver si puedo resultar el hombre más fuerte del país —le dijo—. ¿Tiene usted algo que me podría ayudar?

La vieja hechicera empezó a hurgar en un baúl grande. Desde el fondo sacó un anillito de oro y le dijo que se lo pusiera en la mano derecha. Dijo que cada vez que se persignara, haciendo la señal de la cruz, su fuerza se duplicaría. Si hacía la señal de la cruz al revés, su fuerza se reduciría a la mitad.

El pastor le dio las gracias a la vecina y se fue rumbo al palacio del rey. Al caminar, vio un carretón cargado de pasto junto a una casa al lado del camino. Pensó averiguar si la viejecilla le había dicho la verdad.

Fue al carretón e intentó levantar una rueda de la tierra. No la pudo mover. Puso el anillo en la mano derecha y se persignó: —En el nombre del padre y del hijo y del espíritu santo. —Debió tener fuerza doble. Cuando intentó levantar la rueda, salió un poco de la tierra.

Volvió a persignarse. Como su fuerza ya era el doble, ahora debió haberse multiplicado por cuatro. Levantó la rueda hasta la cintura. Otra vez, se persignó. Su fuerza debió ser ocho veces lo normal. El carretón se volcó cuando levantó la rueda con una mano y el pasto se desparramó en la tierra.

El joven se apresuró a poner el carretón sobre las ruedas y llenarlo de pasto antes de que el dueño se diera cuenta de lo que había hecho. Hizo la señal de la cruz al revés para bajar su fuerza antes de meterse en un lío. Se quitó el anillo, lo puso en su bolsillo y siguió su camino.

That night the shepherd slept under a tree beside the road. And in the night, the ring fell from his pocket. The next morning he woke up and stretched, and then traveled on toward the king's palace, leaving the ring on the ground under the tree.

The boy had hardly left when a priest came traveling along on his donkey. He noticed the shady tree beside the road and stopped to rest under it for a while. When he was ready to leave, he saw something shiny on the ground. "Oh, a ring!" he said. "That must be worth something. I'll just wear it until I get to the next town, and then sell it and give the money to the church."

But before he resumed his journey, the priest knelt to say a prayer. He blessed himself, "*En el nombre del padre y del hijo y del espíritu santo,*" and then began to pray. He didn't know that he was twice as strong.

When he finished his prayer, he blessed himself again. He was four times as strong. As he rose from his knees, he reached out and grabbed a branch to steady himself. He tore the branch from the tree. "Oh!" he said to himself. "That looked like a solid branch, but it must have been rotten." He gave the branch a toss and it flew out of sight across the field.

The priest shrugged his shoulders and walked over to where his little burro was eating grass. "Well, little friend," he said, "we'd better be on our way." He patted the burro's neck, and the poor animal was knocked to the ground. Its neck was almost broken.

The priest gasped, "Heaven help us! Is this place enchanted?" And he blessed himself again. Now he was eight times as strong! He took hold of the burro's saddle and pulled to help it back to its feet. The little beast flew ten feet into the air.

Aquella noche el pastor durmió bajo un árbol junto al camino. En la noche, el anillo se le cayó del bolsillo. En la mañana se despertó y se estiró y luego reanudó su viaje al palacio del rey, dejando el anillo tirado en la tierra bajo el árbol.

Apenas se había ido el muchacho cuando un cura llegó por el camino, montado en su burro. Vio el árbol sombreante junto al camino y se detuvo para descansar en la sombra. Cuando se disponía a irse, vio algo que brillaba en el suelo. —¡Ay, un anillo! —dijo—. Tiene que tener valor. Lo llevo en el dedo hasta llegar al pueblo y luego lo vendo y doy el dinero a la iglesia.

Pero antes de seguir su camino, el cura se hincó para rezar. Se persignó: —En el nombre del padre, y del hijo y del espíritu santo —y luego empezó a rezar. No se dio cuenta de que su fuerza ya era el doble.

Cuando terminó la oración, volvió a persignarse. Su fuerza ya era cuatro veces mayor de lo normal. Cuando se levantaba, alargó la mano para agarrarse de una rama del árbol y sostenerse. Arrancó la rama del árbol.

—¡Oh! — se dijo—, parecía una rama sólida pero debió estar podrida. —Tiró la rama ligeramente y voló sobre el campo hasta perderse de vista.

El padre se encogió de hombros y fue a donde pastaba su burrito: —Bueno, amiguito —dijo—, más vale que sigamos caminando. —Le dio unas palmaditas en la nuca y el pobre animal se cayó tumbado a la tierra. Por poco se le fractura el cuello.

El cura boqueó: —¡Que nos guarde Dios! ¿Está embrujado este lugar? —Y se persignó otra vez. Quedó ocho veces más fuerte. Agarró la silla del burro y tiró para ayudarlo a pararse. Aventó a la pobre bestia diez pies en el aire.

"I'm getting out of here!" said the priest. And the sound of his voice blew all the leaves off the tree. The priest hurried on down the road, praying and blessing himself as he walked along.

In the meantime, the shepherd had reached a village. When he put his hand into his pocket for a coin to buy a bite to eat, he noticed that his ring was gone. He started back to find it. Soon he saw someone coming toward him, knocking down trees, pulling up fences and raising a great cloud of dust.

The priest saw the shepherd boy and tried to warn him. "DON'T COME NEAR ME." His voice was like the bellow of a bull. "JUST THE SOUND OF MY VOICE MIGHT HURT YOU!"

The shepherd stopped and called out, "Father, did you find a ring?"

The priest tried to whisper his reply. It was a deafening: "YES!"

"Bless yourself backwards, Father," the young man told him. "Your strength will return to normal."

The priest began to make the sign of the cross backwards. Each time he did it, his voice grew softer, and his feet stirred up less dust when he moved. Finally he thought his strength was reduced to normal, and he said to the shepherd, "Here, take your ring back. I want no part of it." He threw the ring to the boy.

But the priest was still twice as strong as normal, and the ring shot right past the boy. It landed in the tall grass beside the road about a hundred yards beyond him. "That's all right, Father," the shepherd said. "I'll find the ring. Go on to the village. The people are waiting for you at the church."

—Me voy de aquí —dijo el cura y la fuerza de su voz se llevó todas las hojas del árbol. El padre se fue a prisa, rezando y persignándose mientras caminaba.

Mientras tanto, el pastor llegó al pueblo. Cuando metió la mano en el bolsillo para sacar una moneda y comprar algo que comer, se dio cuenta de que faltaba el anillo. Se encaminó de regreso para buscarlo. A poco de caminar vio acercarse a alguien que levantaba una polvareda y arrancaba las cercas que lindaban el camino.

El cura vio al muchacho y trató de prevenirlo: —No te me acerques —Su voz salió como el bramido de un toro—. El mero sonido de mi voz te podrá hacer daño.

El pastor se paró y gritó: —Padre, ¿acaso encontró un anillo?

El cura intentó susurrar su respuesta, pero salió ensordecedora: —SÍ.

—Haga la señal de la cruz al revés, padre —el joven le dijo—. Su fuerza volverá a lo normal.

El padre empezó a hacer la señal de la cruz al revés. Cada vez que lo hizo, se le suavizaba la voz, y sus pies levantaban menos polvo. Al fin, pensó que su fuerza era normal y le dijo al pastor: —Toma tu anillo. No lo quiero para nada. —Y tiró el anillo al muchacho.

Pero la fuerza del padre todavía era el doble de lo normal, y el anillo sobrevoló al muchacho. Fue a parar en el pasto al lado del camino cien metros más adelante

—Está bien, padre —dijo el pastor—. Yo puedo buscar el anillo. Siga al pueblo. La gente lo está esperando en la iglesia.

The priest went on, and the shepherd stayed to look for his ring. But he couldn't find it. He walked up and down parting the grass. He crawled on his hands and knees. The ring was too well hidden. Finally the shepherd boy decided he would go into the village for something to eat and then return to search some more.

He had hardly left, when a little old woman came walking up the road, leaning on her cane. She was on her way to church, praying softly to herself as she walked along. She saw the ring in the grass beside the road and picked it up. She slipped it on her finger.

Before long she blessed herself, "*En el nombre del padre y del hijo y del espíritu santo.*" She reached up to take out the handkerchief she had stuffed into her sleeve, and tore the sleeve off her dress. "Oh, my goodness!" she said. "How did that happen?"

Soon she blessed herself again, and then again. She came upon two men who were trying to move a stubborn mule. One man was tugging on the reins in front of the mule and the other was pushing from behind, but the mule had its hooves dug in and wouldn't move an inch.

"Shame on you, you stubborn old mule," the old woman said to the animal. "Stop being so lazy." And she nudged the mule with her cane. The mule flew past the man in front. It didn't touch the ground until it was fifty feet beyond him. It hit the ground running and disappeared down the road.

The old woman went back to her praying. By the time she reached the church, she was so strong she pulled the door from its hinges. As she walked up the aisle, she knocked over benches and sent people rolling onto the floor.

El cura se fue y el muchacho se puso a buscar el anillo. No lo pudo encontrar. Caminó de arriba para abajo. Gateó lentamente por el pasto. El anillo estaba bien escondido. Al fin, el pastor decidió ir al pueblo para comer algo y volver después para buscar más.

Apenas se fue, y una viejita llegó por el camino, apoyándose en un bastón. Iba a la iglesia y rezaba suavemente para sí mientras caminaba. Vio el anillo en el pasto junto al camino y lo tomó y se lo puso en el dedo.

Un poco después se persignó: —En el nombre del padre y del hijo y del espíritu santo. —Luego quiso sacar el pañuelo que tenía metido en la manga del vestido y rompió la manga—. ¡Válgame, Dios! —dijo—. ¿Cómo sucedió eso?

Pronto se persignó otra vez, y luego otra vez. Se encontró con dos hombres que querían arrear una mula terca. Un hombre tiraba de las riendas por delante y el otro empujaba la mula desde atrás, pero la mula tenía los cascos enterrados y no movía ni una pulgada.

—Debería darte vergüenza, mula terca —dijo la viejita al animal—. No seas tan perezosa. —Y la atizó con su bastón. La mula pasó disparada al hombre de adelante y no pisó tierra sino hasta cincuenta pies camino abajo. Aterrizó a la carrera y desapareció por el camino.

La viejita volvió a sus oraciones. Para cuando llegó a la iglesia, era tan fuerte que arrancó la puerta de las bisagras. Andaba por el pasillo, tumbando los bancos y haciendo rodar por el piso a la gente.

The priest looked up from his book. Before he even saw the ring on her finger, he knew what had happened. "*Señora,*" he told her, "make the sign of the cross backwards."

She obeyed him, and her strength grew less and less. When she had only the strength of a young woman left, he told her to stop. Then he sent someone to find the shepherd and tell him to come for his ring. The shepherd put the ring on his finger, and didn't take it off until he arrived at the king's palace.

When he got to the palace, he saw that the courtyard was full of strong men. They were wrestling and fighting with swords. Some of them had broken arms and broken legs from the wrestling matches. Some had big gashes from sword fights. Some young men were trying to throw big rocks over houses. Some could do it, but some couldn't and the rocks would fall on the houses and break holes in the roofs. Finally one of them, a handsome prince in fine clothes, defeated all the others. The king declared that the strongest man had been found. "If there is anyone else who wishes to challenge the prince," called out the king, "let him say so now."

The shepherd raised his hand. "Your Majesty," he said, "maybe I could be stronger than the prince." Everyone turned to look at the ragged shepherd. He wasn't especially tall. His shoulders weren't very broad. His legs were long and thin.

The king frowned. "You can't challenge a prince," he said. "You don't even own a decent suit of clothes."

But the shepherd said, "Your Majesty, your proclamation said that anyone could enter the contest. I want to challenge the prince."

El cura levantó la vista del misal. Antes de ver el anillo en el dedo de la viejita, adivinó lo que pasaba—. Señora —dijo—, haga la señal de la cruz al revés.

Ella obedeció y su fuerza se le iba bajando. Cuando le quedó tan solo la fuerza de una mujer joven, le dijo que parara. Luego mandó buscar al pastor para que viniera por su anillo.

El pastor se puso el anillo y no se lo quitó hasta llegar al palacio del rey. Cuando llegó al palacio, vio que el patio estaba repleto de hombres fuertes. Luchaban y batallaban con espadas. Algunos tenían brazos o piernas quebrados por las contiendas. Algunos tenían heridas grandes de los combates de espada. Otros jóvenes intentaban aventar grandes piedras sobre casas. Algunos podían hacerlo, pero otros no, y las piedras caían en los techos, rompiéndolos. Al fin, uno de los hombres, un príncipe guapo en ropa fina, derrotó a todos los demás. El rey declaró que se había encontrado al hombre más fuerte—. Si alguien más quiere desafiar al príncipe —gritó el rey—, que lo diga ahora mismo.

El pastor levantó la mano—. Su majestad —dijo—, quizás yo pueda ser más fuerte que el príncipe.

Todos voltearon a ver al pastor harapiento. No era muy alto, ni fornido. Tenía las piernas largas y delgadas.

El rey frunció el ceño—. Tú no puedes desafiar a un príncipe —dijo—. Ni siquiera tienes ropa decente.

Pero el pastor dijo: —Su majestad, su pregón decía que cualquiera podía presentarse a competir. Yo quiero desafiar al príncipe.

So the king said that in one week the prince and the shepherd would compete to see who was stronger.

The king ordered his craftsmen to make four great pillars—one of wood, one of stone, one of iron and one of solid gold. He said that anyone who could lift a pillar of each material would surely be the strongest man in the world.

All week long the prince trained for the contest. He lifted big rocks over his head and wrestled with ten men at a time. The shepherd slept all day long in the hay in the king's barn. When the week had passed, a crowd gathered to watch the prince and the young shepherd compete.

First the king led them to the pillar of wood. "Which of you can lift this?" he asked.

The prince huffed and puffed and stretched and twisted, and then wrapped his arms around the pillar. He lifted it from the ground. A cheer went up from the crowd.

The shepherd blessed himself. And then he blessed himself again for good measure. He placed a hand on either side of the pillar and then threw it into the air. It rose until it was just a tiny speck in the sky. When it fell to earth, it shook the windows in the king's palace.

The king was very surprised, and the prince began to look worried. Next they walked to the pillar of stone. For a long time the prince stretched and groaned and then wrapped his arms around the pillar. He lifted it a few feet from the ground, and then dropped it. Again the crowd cheered.

The shepherd blessed himself again. He threw the pillar over his shoulder. Into the air it sailed. When it hit the ground, a crack appeared in the wall of the king's palace.

Así que el rey dijo que en ocho días el príncipe y el pastor harían la prueba para ver cuál era más fuerte.

El rey mandó hacer a sus artesanos cuatro pilares grandes—uno de madera, uno de piedra, uno de hierro y uno de oro macizo. Dijo que el hombre que pudiera levantar un pilar de esas cuatro sustancias seguramente sería el más fuerte del mundo.

El príncipe pasó la semana entrenándose para la competencia. Levantaba grandes piedras sobre la cabeza y luchaba con diez hombres a la vez. El pastor pasó todo el día durmiendo en el pajal en el caballerizo del rey. Al final de una semana, una gran multitud se reunió para ver enfrentarse al príncipe con el pastorcito.

Primero, el rey los llevó al pilar de madera: —¿Cuál de ustedes puede levantar éste? —preguntó.

El príncipe resopló y se estiró y torció y luego abrazó el pilar. Lo levantó de la tierra. La multitud rompió en vítores.

El pastor se persignó. Y luego lo repitió, por las dudas. Puso una mano en cada lado del pilar y lo tiró al cielo. Subió y subió en el aire hasta verse como un puntito allá arriba. Cuando volvió a la tierra, hizo traquetear las ventanas del palacio del rey.

El rey quedó sorprendido y el príncipe parecía un poco preocupado. Luego, caminaron al pilar de piedra. El príncipe se estiró y gruñó largo rato y luego tomó el pilar entre los brazos. Lo levantó unos cuantos pies de la tierra y luego lo dejó caer. Otra vez la muchedumbre soltó vítores.

El pastor volvió a persignarse. Tiró el pilar sobre el hombro. Voló por el aire. Cuando dio con la tierra, una rotura apareció en la pared del palacio.

The king led the prince and the shepherd to the pillar of iron. The prince threw all his strength into the task. He lifted the pillar an inch or so from the ground.

The boy blessed himself. He launched the pillar into the air. When it landed, the ground shook like an earthquake and the palace cracked in two.

Finally, the king conducted them to the pillar of gold, but the prince had used up all his strength and couldn't even try. The king said to the shepherd, "If you lift the pillar of gold you will be king after I die, and in the meantime, you can keep all this gold!"

But the shepherd was looking around him, and he said, "I don't think I'll even try. Just look at all the harm your foolish idea has done. I can see men with broken arms and broken legs. I see houses with their roofs broken open. Look at your palace: It's broken in half. I'm beginning to worry. If I become the king, I might end up as foolish as you. I think I'd better go back home where I belong."

The boy set out for home, and when he got there, he blessed himself backwards until his strength was just what it should be. Then he gave the ring back to the wise old woman.

And what happened at the palace? Well, the queen sat the king down and told him, "It doesn't matter if that shepherd is stronger than the prince or not. It wouldn't matter if he were only half as strong as the prince, because he's shown that he's twice as wise as the king. He's the one who should be the next king."

For once the king listened to his wife. And you can probably guess the rest of the story, so there's no need to tell it.

El rey condujo al príncipe y al pastor al pilar de hierro. El príncipe reunió toda su fuerza para el intento. Levantó el pilar una pulgada o dos de la tierra.

El muchacho se persignó. Mandó el pilar al cielo. Cuando aterrizó, la tierra se movió como un terremoto y el palacio se rompió en dos.

Para terminar, el rey los condujo al pilar de oro, pero el príncipe había gastado toda su fuerza. No pudo intentarlo. El rey le dijo al pastor: —Si puedes levantar este pilar de oro serás rey cuando yo muera, y mientras tanto, te puedes quedar con todo el oro.

Pero el pastor estaba mirando a su alrededor y dijo: —No creo que quiera ensayarlo. Mire nomás el mal que ha ocasionado su idea descabellada. Veo hombres con los brazos y piernas quebrados. Veo casas con el techo roto. Mire su palacio: Está partido en dos. Me temo que si llego a ser rey, terminaré tan loco como usted. Creo que lo que más me corresponde es regresar a casa.

El muchacho se encaminó para su casa. Cuando llegó, se persignó al revés hasta que su fuerza era lo debido. Luego devolvió el anillo a la viejecilla sabia.

Y ¿qué pasó en el palacio? Bueno, la reina sentó al rey y le dijo: —No importa que el pastor sea más fuerte que el príncipe o no. No importaría si su fuerza fuera la mitad de la del príncipe. Se ha mostrado dos veces más sabio que el rey, y debiera ser el próximo rey.

Por una vez el rey le hizo caso a su esposa. Y como lo más probable es que ya hayas adivinado el resto de la historia, no hace falta contarlo.

The Man Who Couldn't Stop Dancing
El hombre que no podía dejar de bailar

There was once a man who owned a herd of goats, but he was too busy to tend the goats himself. He thought he would go to the village and hire a boy. He found a boy who had no father and lived alone with his poor mother. The boy was anxious to work so that he could help her. So he accepted the man's offer to pay him four pesos a week. He traveled back to the man's ranch with him.

The boy turned out to be a good goatherd. He soon knew all the goats by name and they would come when he called. He could milk the goats quickly and get more milk from them than they had ever produced before. But it was a hard life for the boy and he was often hungry and sad.

Había una vez un hombre que tenía una manada de cabras, pero siempre andaba ocupado y no tenía tiempo para cuidarlas. Pensó ir al pueblo y contratar a un muchacho. Encontró a un muchacho huérfano de padre que vivía solo con su pobre madre. El muchacho estaba muy deseoso de trabajar y ayudar a su madre. Se conformó con que el hombre le pagara cuatro pesos a la semana y regresó con él a su rancho.

El muchacho resultó ser un buen pastor de cabras. Pronto conocía todas las cabras por nombre y acudían a él cuando las llamaba. Era diestro para ordeñarlas y les sacaba más leche de la que habían dado anteriormente. Pero era una vida dura para el muchacho y a veces se sentía hambriento y triste.

One morning as he was driving the goats into the mountains to eat grass, the boy met an old woman along the way. He greeted her politely, "*Buenos días, abuelita.*"

"*Buenos días.* What are you doing here, *nietecito*?" the old woman asked him.

"As you can see, *abuelita,*" the boy replied, "I'm taking care of these goats."

"I see," said the old woman. "And is it a good life, taking care of goats?"

"I have no reason to complain," the boy said. "But I do get a little hungry sometimes."

"Take this," the old woman said, and handed him a folded cloth. "Every time you unfold this cloth there will be something good to eat inside."

The boy thanked the old woman. "It's nothing," she told him. "Is there anything else you need?"

"Well, I do feel a little sad and lonely sometimes."

"Then take this," the old woman said. From under her cape she brought out a little violin. "Play this. The music will make you happy."

"But I don't know how to play," the boy told her.

The old woman laughed. "You can play this violin. It's a magic violin. And do you see this little white key here at the end? If you turn that key, before you play, everyone who hears the music will have to dance."

Again the boy thanked the old woman, but she just waved her hand and walked on down the road.

Una mañana, cuando llevaba las cabras a las montañas para pastar, el muchacho se encontró con una viejita en el camino. La saludó respetuosamente: —Buenos días, abuelita.

—Buenos días —respondió la viejita—¿Qué andas haciendo por aquí, nietecito?

—Como usted puede ver, abuelita —dijo el muchacho—, estoy cuidando estas cabras.

—Ya veo —dijo la viejita—. ¿Es una buena vida la de cuidar cabras?

—No tengo gran queja —dijo el muchacho—. Pero a veces me entra el hambre.

—Toma esto —dijo la viejita y le dio una tela doblada. —Cada vez que desdobles esta tela, encontrarás algo bueno que comer.

El muchacho le dio las gracias, pero ella dijo: —No es nada. ¿Hay algo más que te hace falta?

—Bueno, a veces me siento un poco solo y triste.

—Entonce, toma esto —dijo la viejita y de debajo del rebozo sacó un violincito—. Toca este violín. La música te alegrará.

—Pero yo no sé tocar el violín —el muchacho le dijo.

La viejita se rió: —Puedes tocar este violín. Es mágico. Y ¿ves esta clavija blanca aquí en el brazo? Si la tuerces antes de empezar a tocar, cualquiera que oiga la música tendrá que bailar.

El muchacho volvió a agradecerle, pero la viejita agitó la mano como que si no fuera nada, y se fue por el camino.

When the boy arrived at some good grazing land the goats began to eat, and he sat in the shade of a tree to rest. He put the violin under his chin and drew the bow across the strings. He was amazed at the sweet music that came out. He sat for hours playing the violin while the goats grazed peacefully.

About midday he began to grow hungry. All his master's wife had sent along for him to eat was a bit of dry bread. The boy thought, *The old woman told me the truth about the violin. It really is magical. I'll unfold the cloth and see if she told me the truth about it too.*

When he unfolded the cloth the boy saw the most delicious meal he could imagine in front of him—bread and meat and cheese and fresh fruit of all kinds. It was much more than he could eat. He ate what he could and then set the rest aside carefully. He folded the cloth again, and closed his eyes and took a nap.

The boy woke up with a start. The goats were making frightened noises, and so he looked about to see what the problem was. Two coyotes were creeping toward one of the youngest goats. The boy grabbed a big rock to throw at the coyotes. And then he thought of something else. He picked up the violin and turned the little white key at the end.

The boy drew the bow across the strings and a lively tune sprang from the violin. The goats all looked away from the coyotes. They stopped making frightened noises. Instead, they stood up on their hind feet and began to dance. And the coyotes did the same thing! The boy played on and the goats danced more and more wildly. And the coyotes' dance was the wildest of all. The boy played until his arm was so tired he couldn't go on.

Cuando el muchacho llegó a una pradera rica, las cabras comenzaron a pastar, y él se sentó en la sombra de un árbol para descansar. Se puso el violincito bajo la barbilla y movió el arco en las cuerdas. Quedó deslumbrado por la dulce música que salió. Pasó horas tocando el violín mientras las cabras pastaban tranquilas.

A eso del mediodía empezó a sentir hambre. Lo único que la esposa del amo le había dado para comer era una migaja de pan seco. El muchacho pensó "La viejita me dijo la verdad sobre el violín. Es mágico, de verdad. Voy a desplegar la tela para ver si también es cierto lo que me dijo de ella."

Cuando desdobló la tela, el muchacho vio la comida más suntuosa que pudiera imaginar—pan y carne y queso y frutas de toda clase. Era mucho más de lo que podía comer. Comió hasta satisfacerse y guardó lo que sobraba con cuidado. Volvió a doblar la tela y cerró los ojos para dormir una siesta.

El muchacho se despertó sobresaltado. Las cabras hacían balidos miedosos. Miró alrededor para ver lo que pasaba. Dos coyotes se acercaban lentamente a una de las más pequeñas cabras. El muchacho agarró una piedra para lanzar a los coyotes y luego se le ocurrió algo más. Tomó el violincito y torció la clavija blanca en la punta del brazo.

El muchacho pasó el arco por las cuerdas y una melodía alegre salió del violín. Las cabras dejaron de mirar a los coyotes. Dejaron de dar balidos miedosos. Se pararon en las patas traseras y comenzaron a bailar. Y los coyotes hicieron lo mismo. El muchacho siguió tocando y las cabras bailaron cada vez más desenfrenadamente, pero el bailar de los coyotes era el más desenfrenado. El muchacho tocó hasta que se le cansó el brazo y ya no pudo más.

When he quit playing the goats all fell to the ground exhausted. And the coyotes rolled over onto their backs and fell asleep. When they woke up, they felt so happy, they didn't even think of bothering the goats. They went away wagging their tails.

That evening when the boy arrived home with the goats, they looked healthier than ever before. And they gave twice the amount of milk they had been giving. Of course, the boy's master was pleased. But he was also a little suspicious.

The master's wife was suspicious as well when the boy seemed to have no interest in the bread and thin soup she served him for his supper.

Every day the boy took his cloth and violin and drove the goats back to the mountains. He spent the days playing music and eating good food. When wild animals came to bother the goats, he turned the white key on his violin and made all the animals dance. Each day the goats were more content and gave more milk. And each day the owner and his wife grew more suspicious.

Finally one day the master decided to follow the boy to the mountains and find out what was going on. He arrived at the pasture just about noontime and watched the boy and the goats from behind a bush. He saw the boy playing his violin softly and the goats grazing peacefully.

Then the master saw the boy set down his violin and unfold his cloth. The master had never seen such a meal! His mouth began to water. So that was why the boy never ate his supper any more!

The master hurried away to tell his wife what he had seen. His wife told him, "Go to town and buy a piece of cloth like the one you saw the boy unfold. Tonight while the boy's asleep we'll take his cloth and leave the new one in its place."

Cuando dejó de tocar, las cabras se cayeron agotadas al suelo. Los coyotes se tumbaron patas arriba y se durmieron. Cuando se despertaron, estaban tan contentos que ni pensaron en molestar a las cabras. Se fueron meneando la cola.

Esa tarde, cuando el muchacho llegó al rancho con las cabras, se veían más saludables que nunca. Dieron el doble de leche que de costumbre. Por supuesto, el amo estaba contento. Pero también estaba un poco desconfiado.

La mujer del amo sospechaba también al ver que al muchacho no le interesaba la cena de pan y caldo aguado que le sirvió.

Todos los días el muchacho llevaba su tela y su violincito y volvía a las montañas con las cabras. Se pasaba los días tocando música y comiendo buena comida. Cuando alguna fiera llegaba a molestar a las cabras, daba vuelta a la clavija blanca del violín y hacía bailar a los animales. Cada día las cabras se ponían mas contentas y daban más leche. Y cada día el amo maliciaba más.

Al fin, el amo decidió seguir al muchacho a las montañas para ver qué pasaba. Llegó a la pradera a eso del mediodía y observó desde atrás de una mata. Vio que el muchacho tocaba su violincito suavemente y que las cabras pastaban tranquilas.

Luego el amo vio que el muchacho puso el violín al lado y desdobló una tela. El amo nunca había vista tales manjares. Se le hizo agua la boca. ¡Así que era por eso que el muchacho ya no comía la cena!

El amo fue de prisa a contarle a su esposa lo que había visto. La esposa le dijo: —Ve al pueblo y compra una tela parecida a la que viste desdoblar al muchacho. Esta noche, mientras él duerma le quitamos su tela y dejamos la otra en su lugar.

So the man rushed off to the store and bought a cloth that looked just like the boy's. That night he crept into the stable where the boy slept and took his cloth.

The next day the boy was very disappointed when he unfolded his cloth and no food appeared. But he said to himself, "Oh, well. Nothing can last forever. At least my violin still works." And he chased away the empty feeling in his stomach with the music of his violin.

But when he got home that evening and saw that the master and his wife were just finishing a big meal—in fact, they looked as though they'd been eating all day—, the boy knew what had happened.

After he had milked the goats and settled them for the night, the boy took his violin to the master's house. "Master," he said, "I noticed that you and your wife just finished a very good meal. Would you like me to play you some music? It might help you digest your food."

The master had heard the sweet music the boy made with the violin, and he thought this would be a perfect end to the trick he and his wife had played. They had stuffed themselves on the food from the boy's cloth, and now they'd let the boy lull them to sleep with the music of his violin. "Oh yes, boy," the man said. "Play us a song."

The boy reached up and turned the little white key on his violin and then began to play. Right away the man's feet began to tap. His wife began moving about in her chair.

"Play a little slower," the master said. "I don't seem to be able to sit still when you play like that."

Así que el hombre fue de prisa a la tienda y compró una tela como la del muchacho. Esa noche entró sin ruido a la cuadra donde dormía el muchacho y se robó la tela.

El próximo día, el muchacho quedó decepcionado cuando desdobló la tela y no apareció comida. Pero se dijo: —Bueno, no hay bien ni mal que dure para siempre. Por lo menos mi violincito sigue funcionando. —Y espantó el hambre con la música del violín.

Pero cuando el muchacho llegó a casa aquella tarde y vio que el amo y su esposa estaban terminando una buena comida—de hecho, parecían haber pasado todo el día comiendo—, el muchacho adivinó lo sucedido.

Después de ordeñar las cabras y acomodarlas para la noche, el muchacho tomó su violín y fue a la casa del amo.

—Señor amo —dijo el muchacho—, veo que usted y la señora acaban de terminar una buena comida. ¿Quieren que les toque un poco de música? A lo mejor les sirve de digestivo.

El amo había oído la dulce música que el muchacho hacía con el violín y pensó rematar la trampa que él y su esposa le habían hecho. Habían gozado de la comida de la tela del muchacho, y ahora dejarían que los arrullara con la música de su violín.

El muchacho giró la clavija blanca en el violín y comenzó a tocar. De inmediato los pies del amo empezaron a moverse al compás de la música. La señora se movía en la silla.

—Toca algo más tranquilo —dijo el amo—. No puedo quedarme quieto cuando tocas así.

But the boy didn't play slower. He pulled the bow faster and faster across the strings. The master and his wife were dancing around the room, kicking their feet over their heads. "Stop! Stop!" they cried. "That's enough music." But the music only grew wilder. Soon they were banging against the walls and falling over the furniture. They begged and pleaded with the boy to stop his music.

"Give me back my cloth and I'll stop," the boy told them.

"It's under the bread box in the kitchen!" his mistress cried.

The boy went into the kitchen and found his cloth. Finally he stopped playing. The man and woman lay on the floor, too tired and bruised to move or say a word. "Pay me the money you owe me," the boy told his master. "I don't want to work for someone who steals from me."

"Pay you money?" the master roared. "I'll have you thrown in jail!"

The first thing the next morning, the master went to the village to bring charges against the boy for beating him and his wife. He told the sheriff, "You'd better bring along some helpers. That boy is dangerous."

When the sheriff and two helpers arrived at the ranch, the boy was playing a quiet tune on his violin. The sheriff told him, "Boy, you must come with me. Your master has charged you with beating him and his wife."

"Of course I'll go with you," the boy said. "Just let me finish playing this song."

"No!" cried the master. But it was too late. The boy reached up and turned the little white key on his violin.

Pero el muchacho no tocó música más tranquila, sino que pasaba el arco cada vez más rápido en las cuerdas. Al amo y su esposa se pusieron a bailar alrededor de la sala, levantando los pies hasta la cabeza.

—¡Para, para! —gritaban—. Ya basta con la música.

Pero la música sólo se volvía más frenética. Pronto iban golpeándose contra las paredes y tropezando sobre los muebles. Le rogaron al muchacho que parara la música.

—Denme mi tela y paro la música —el muchacho les dijo.

—Está debajo de la panera en la cocina —le gritó la señora.

El muchacho fue a la cocina y encontró su tela. Por fin dejó de tocar. El hombre y la mujer quedaron tumbados en el piso, tan cansados y golpeados que no pudieron ni moverse ni decir palabra.

—Págueme lo que me debe — el muchacho le dijo al amo—. No quiero trabajar para un amo que me roba.

¡Pagarte! —gritó el amo—. Hago que te metan en el calabozo.

A primera hora del día siguiente, el amo fue al pueblo para denunciar al muchacho por golpearlos a él y a su esposa. Le dijo al alguacil: —Vale más que lleve a unos ayudantes. El muchacho es peligroso.

Cuando el alguacil y dos ayudantes llegaron al rancho, el muchacho estaba tocando una melodía suave en su violín. El alguacil le dijo: —Muchacho, tienes que venir con nosotros. Tu amo te ha denunciado por agresión contra él y su esposa.

—Claro que voy con ustedes —dijo el muchacho—. Déjenme terminar esta melodía nomás.

—¡No! —gritó el amo. Pero ya era tarde. El muchacho movió la mano al extremo del brazo del violín y torció la clavija blanca.

Soon the sheriff and his assistants were dancing around the yard. They hit their heads on branches of trees and fell into ditches. "Stop!" they begged, "Stop! We'll let you go in peace."

"Tell my master to pay me the money he owes me," the boy said.

"I'll pay! I'll pay!" the man shouted. He struggled to get his hand into his pocket. He pulled out all the money he had and threw it at the boy. "Take all of it. Just stop your music!"

The boy stopped playing and picked up the money, and while all the men sat panting for their breath and rubbing their bruises, he walked away.

He went back home and gave the money to his mother. And then he unfolded the cloth and while his mother ate her fill of all the delicious food, he played her a gentle tune on his little violin.

Pronto el alguacil y sus asistentes se pusieron a bailar alrededor del recinto. Chocaron con la cabeza contra las ramas de los árboles y cayeron en las zanjas.

¡Para! —le rogaron—. ¡Para! Te dejamos ir en paz.

—Digan al amo que me pague lo que me debe —el muchacho dijo.

¡Te pago, te pago! —gritó el hombre. Se esforzó para meter la mano en el bolsillo. Sacó todo el dinero que tenía y lo tiró al muchacho—. Llévatelo todo. Para la música nomás.

El muchacho dejó de tocar y tomó el dinero. Se fue, dejando a los hombres jadeando para recobrar el aliento y palpándose los moretones.

El muchacho regresó a su casa y le dio el dinero a su madre. Luego desdobló la tela, y mientras su madre comía la comida rica hasta satisfacerse, le tocaba una melodía tranquila en su violincito.

NOTES TO READERS AND STORYTELLERS

1. If I Were an Eagle

This tale is extremely common and popular in Hispanic New Mexico. It has frequently been borrowed by Native Americans as well. Variants appear in many collections. A telling similar to mine is in *Spanish Folk-Tales of New Mexico* by José Manuel Espinosa.

2. What Am I Thinking?

This is a very widespread tale, probably best known in the English ballad "Prince John and the Abbot of Canterbury." A humorous character called El Pelón occurs frequently in Hispanic tales. The corrupt ruler is usually a prince or king, but Adelina Otero made him a governor in her book *Old Spain in Our Southwest.* The change has a ring of historical accuracy. Each colonial governor was required to make an official visit to every settlement upon arriving in New Mexico, which explains why the governor turned up when he did in the story.

3. The Golden Slippers

The tradition of carving *santos* (wooden statues of saints) is as old as the first Spanish colonization of New Mexico. Like the statue in this tale, many *santos* are held in great reverence and some boast quite elaborate wardrobes. The statue of *La Conquistadora* (recently renamed Our Lady of Peace) in the Saint Francis Cathedral in Santa Fe, for example, is said to have some three hundred dresses. This tale is adapted from "Nuestra Señora del rosario" *(Cuentos Españoles de Colorado* y *Nuevo México* #141).

4. Caught On a Nail

I collected this brief tale in Peñasco, New Mexico, when working as artist-in-residence at the elementary school. In the original, however, as recorded on tape by an uncle of one of the children, the third man was unable to run because he defecated in his pants. *(¿Cómo quieres que corra? Estoy todo cagado.)* Writers and storytellers often "clean stories up" to meet contemporary standards.

5. How to Grow Boiled Beans

Stories of a poor, unlettered person who demonstrates great wisdom in settling a dispute are popular around the world and probably reflect the distrust common people often have of legal systems and formal education. The theme is expressed especially well in this tale because Indians were of low social status in Spanish New Mexico. For me the tale also celebrates the value of cultural diversity and the contributions differing groups can make to one another. This tale is adapted from "El indio abogado" *(Cuentos Españoles de Colorado y Nuevo Mexico* #34).

6. The Coyote Under the Table

This is a popular tale and one that's been told to me on several occasions, although only in summary. It is an old European story even though the Southwestern version features the coyote. There is a German version in the Grimms' tales, and J. Frank Dobie offers a Tex-Mex telling in *The Voice of the Coyote.*

7. The Tale of the Spotted Cat

This story is adapted from "Juan Cenizas" *(Cuentos Españoles de Colorado y Nuevo Mexico* # 242). It is obviously related to the "Puss in Boots" tale. The division of a house among children by allocating roof beams was a common practice in Hispanic New Mexico well into the twentieth century. The appearance of an angel or a departed soul in the form of an animal to help a deserving person occurs frequently in traditional tales.

8. The Little Snake

This tale is adapted from "La viborita" *(Cuentos Españoles de Colorado y Nuevo Mexico* # 245). The Hispanic oral tradition in New Mexico contains many tales about a snake, or more often a little worm, which is befriended by a girl, only to grow to enormous size and become her benefactor. Cleofas Jaramillo offered another example in her long out-of-print book *Spanish Fairy Stories.*

9. The Magic Ring

What struck my fancy in this tale was the potential for trouble caused by a ring that increases the wearer's strength every time he blesses himself. The priest was in the original, but I added the old woman because I wanted to play with the idea some more. Also, in the original the queen has no role and the king is seeking a husband for his daughter, rather than a successor to the crown. This tale is adapted from "El pastor afortunado" *(Cuentos Españoles de Colorado y Nuevo Mexico* # 226).

10. The Man Who Couldn't Stop Dancing

This tale is common in many lands. Of course, the magic instrument isn't always a violin. Frequently, the owner of the magic instrument is sentenced to hang and as a last request asks to be allowed to play one final song, but I didn't let things go so far in my telling. A New Mexican variant can be found in *Spanish Folk-Tales of New Mexico* by José Manuel Espinosa. There are two versions in *Cuentos Españoles de Colorado y Nuevo Mexico* as well.